Klaus Kormann
Eises Kälte

Klaus Kormann

Eises Kälte

VERLAG
OLDIGOR

Klaus Kormann wurde 1958 in Elmshorn bei Hamburg geboren. Er ist seit 1981 verheiratet, hat drei erwachsene Kinder und lebt seit 2001 mit seiner Frau im Münsterland. Von Beruf IT-Projektmanager, entdeckte er erst im Alter von 50 Jahren seine Liebe zum Schreiben. 2010 veröffentlichte er seinen ersten Roman „Ebene 17. Der Untergrund“, eine Science-Fiction-Satire. „Eises Kälte“ ist sein zweites Werk und spielt in seiner neuen Heimat. Info’s unter: www.klaus-kormann.de

Deutschsprachige Erstausgabe März 2012
verlegt durch Oldigor Verlag
Drosteallee 25, 46414 Rhede

3. Auflage
Covergestaltung: Oldigor Verlag
Fotos: Andrea Wölk, Klaus Kormann
Lektorat: Matthias Kramm
www.skriptberatung.de
Druck: ScandinavianBook.de LDE GmbH, Bremen
Printed in Germany
ISBN: 978-3-9814764-7-7
www.oldigor.de

4. Oktober, Keller

Karen Leymann fror. Seit über einer halben Stunde war sie jetzt in dieser verdammten Halle und hatte immer noch keine Idee, was vorgefallen war. Zum xten Mal ging sie in die Hocke und besah die kleine, fast schwarze Lache im fahlen Gegenlicht, das aus der schmalen Öffnung zu dem höher liegenden Gewölbe in den Raum fiel. Ihre Taschenlampe hatte schon nicht mehr richtig funktioniert, als sie beim Fundort angekommen war. Jetzt war sie nahezu erloschen. Der schwach rot glühende Draht hinter der kleinen Glasscheibe schien ihr höhnisch mitzuteilen, dass sie die Batterien rechtzeitig hätte wechseln sollen. Dennoch versuchte Karen, die Szenerie mit der Lampe etwas zu erhellen.

»Warum dauert das so lange, bis die mit dem Licht hier aufschlagen?« Im Geheimen ärgerte sie sich darüber, dass sie darauf beharrt hatte, die Männer vom Heimatverein in die Eingangshalle zurückzuschicken. Dort sollten sie bis zur Vernehmung warten. Jetzt hätte ihr sicherlich jemand mit einer Lampe ausgeholfen. Aber sie hatte Erfahrungen mit Zuschauern am Tatort. Entweder zertrampelten sie die Beweismittel oder der Anblick der Toten beschäftigte sie so sehr, dass letztlich ihre Aussagen beeinflusst wurden. Nach einigen Minuten hörte sie ein Poltern und das Geräusch von rollenden Metallkisten. Endlich kam die Spurensicherung. ›Wieso lassen sich die Kollegen von der SpuSi immer so viel Zeit?‹, ärgerte sich Karen. Wenigstens hatten sie funktionierende Taschenlampen dabei.

»Wo wart ihr so lange? Hier ist es schweinekalt!«

»Moin Schatz, ja danke, mir geht es auch gut. – Du hättest uns ja einfach helfen können, das Zeug hier runter zu schleppen. Dann wär dir sicher warm geworden.« Hansens Stimme war tief und ruhig, wie immer. Wahrscheinlich grinste er auch noch durch seinen Stoppelbart. Karen konnte es im bewegten Licht der Lampen nicht erkennen. »Ich habe dir ne Jacke mitgebracht.«

»Danke.« Überrascht nahm sie die Jacke aus der Hand des Mannes, der von seiner ganzen Erscheinung und Art des Auftretens hundertmal eher einen Seebären abgegeben hätte als einen Kriminaltechniker. »Woher wusstest du ...?«

»Hör mal, wenn wir in nen Eiskeller gerufen werden, gehe ich davon aus, dass es da kalt ist. Und wenn ich dann höre, dass du da bist, gehe ich davon aus, dass du da nicht dran gedacht hast«, sagte er grinsend.

»Du bist ein echter Charmebolzen«, erwiderte die junge Frau. »Aber du hast übersehen, dass dieser Eiskeller seit hundert Jahren oder so außer Betrieb ist. Wieso ist es hier immer noch so kalt?«

»Wird schon gleich warm werden, wenn die Jungs das Licht einschalten. Sind ein paar Tausend Watt, mit denen wir ein bisschen Licht und ganz viel Wärme machen.« Vier weitere Kriminaltechniker waren Hansen in die Halle gefolgt. Sie hatten Karen nur kurz begrüßt und sekundenkurze Blicke auf Leiche und Umfeld geworfen. Dann waren sie routiniert an ihre Arbeit gegangen. Schnell wurden mehrere starke Scheinwerfer auf ihre Stative gestellt und eine Kabelverbindung durch den Raum gezogen. Wenige Sekunden später erklang ein dumpfes Geräusch, als der Kippschalter umgelegt wurde. Gleißendes Licht erfüllte den Raum. Karen musste die Augen zusammenkneifen, sie sah fast gar nichts mehr. Aber sie hörte jemanden die Leiter herunterkommen und nur Augenblicke später vernahm sie das Quietschen von Ledersohlen auf dem mit dunklen Holzbohlen ausgelegten Boden. Gregor kam.

»Gott sei Dank, endlich können wir anfangen«, sagte sie.

»Ich hab denen gesagt, dass ich nicht brauche ohne Licht hier runterzugehen.« Gregor McNamara grüßte niemals, wenn er einen Tatort betrat. Eine seiner unerklärlichen Eigenarten. Niemand wusste, was den Pathologen aus dem schottischen Hochland zur Kriminalpolizei Münster verschlagen hatte, aber seine Kollegen waren froh darüber. Dieser Mann hatte ihnen auch bei den kniffligsten Fällen schon häufig die richtigen Analysen und Tipps gegeben, und gelegentlich ließ sein skurriler Humor sie herzhaft lachen. Gregor hatte eine Aussprache wie ein geborener Westfale, verdrehte aber immer noch den Satzbau. Jetzt wandte er sich direkt dem Toten zu und ging vor ihm in die Hocke. Blitzschnell hatte er Einweghandschuhe übergestreift und einen Finger in die dunkle Blutlache getaucht. Die Haut, die sich darauf gebildet hatte, platzte und ein dünnes Rinnsal floss zäh auf Gregors Fußspitzen zu.

»Vorsicht!« Einer der Techniker hatte offensichtlich Angst, dass der Schotte Spuren verwischen könnte, aber Hansen winkte ab.

»Lass ihn, Gregor weiß, was er tut.«

»Das ist erstaunlich, nicht wahr?«, murmelte McNamara vor sich hin. Dann zog er die Lider des Toten hoch und leuchtete mit einer kleinen Stablampe in die erstarrten Augäpfel. »Erstaunlich!«

»Kannst du mir schon sagen, wie lange der Mann tot ist?«, wollte Karen wissen. »Nein, es ist zu früh für das. Aber es ist erstaunlich. Das Blut ist noch flüssig. Und jemand hat ihm zugedrückt die Augen. Und es ist hier kalt wie Schweine, nicht wahr?«

»Schweinekalt heißt es«, sagte die Kommissarin. Sie hockte sich neben den Schotten und sah sich den Toten jetzt erstmals genauer an. »Das mit den Augen ist mir auch aufgefallen. Als ob der Täter oder jemand anderes ihm noch einen letzten Dienst erwiesen hat. Merkwürdig. Weißt du, was das für Flecken auf seinem Gesicht und am Hals sind? Das sieht mir sehr ungewöhnlich aus. Hämatome sind es nicht. Leichenflecken auch nicht.«

»Die Haut sieht aus sehr trocken. Fast wie Papier. Sehr komisch, nicht wahr? Und die Flecken? Ich glaube, es sind Trockenflecken. Wie bei Gefrierbrand.«

»Es ist hier zwar kalt, aber doch kein Frost«, meinte Hansen.

»Zwei Grad«, erwiderte Gregor nach einem kurzen Blick auf ein digitales Thermometer. Er wandte sich wieder der Leiche zu. »Und der Tote hat auch zwei Grad.«

»Aber dann muss er doch schon mindestens zwei oder drei Tage hier liegen, wenn der Körper komplett die Umgebungstemperatur angenommen hat. Wieso ist dann das Blut noch nicht geronnen? Und warum hat er diese Verkleidung an? Ist ein Mittelaltermarkt oder so was in der Nähe?«

McNamara sah Karen schräg von unten an. »Also, die Kleidung nicht ist Mittelalter. Da man hat mehr verwendet grobes Leinen und Leder und so. Das hier ist wesentlich neuer. Und ich weiß nicht wie lange schon er ist tot, aber mehr als zwei oder drei Tage garantiert. Und auch mehr als zwei oder drei Jahre, wenn du fragst mich. Eher so zwei oder drei Jahrzehnte, ich glaube.«

Karen schaute den Pathologen ungläubig an. »Aber das Blut? Du spinnst. Das Blut ist doch noch flüssig. Das bedeutet doch, dass der Mord erst vor Kurzem passiert sein kann. Wenn der Mann schon so lange tot ist, dann ...?« Sie sah McNamaras Blick und verstummte. Er hatte recht, sie sollte sich nicht in Spekulationen ergehen. Es war die Aufgabe der Pathologen und der Spurensicherung, erstes Licht auf diesen Todesfall zu werfen. Dennoch konnte sie sich nicht zurückhalten und musste noch einmal nachfragen.

»Du glaubst wirklich, er war eingefroren?«

»Könnte sein! Ich kann es nicht erklären anders.«

»Und das Blut?«

»Vielleicht irgendwie chemisch behandelt? Verflüssigt? Wer weiß?«

Der Pathologe beugte sich wieder über den Körper und beäugte die Wunden des Mannes genau.

Karen wandte sich an ihren anderen Kollegen. »Wie ist er hier rein gekommen? Ich konnte keinen weiteren Eingang entdecken.«

»Keine Ahnung«, meinte Hansen. »Aber wir werden den schon finden. Vielleicht gibt es da oben irgendwo eine Luke oder eine Geheimtür.«

»Wie ist er getötet worden?«, fragte Karen. »Bis jetzt habe ich keine Waffe entdecken können, die diese Wunden hervorgerufen haben könnte. Die Verletzungen sehen recht böse aus, ich habe so etwas noch nicht gesehen.«

»Den Tatgegenstand werden wir mit ziemlicher Sicherheit bald identifiziert haben. Gibt ja gar nicht so viele Möglichkeiten, scheint irgendetwas Stumpfes gewesen zu sein.«

»Ja, war ein reichlich stumpfer Gegenstand«, ergänzte Gregor. »Reichlich stumpf und geschlagen mit ordentlicher Gewalt. Hier quer gerissen den Hals entlang, dem Rissmuster folgend die Waffe muss geführt worden sein von vorne nach hinten. Und um dieses Loch in der Brust hinzukriegen, hat derjenige, der diesen Mann vom Leben zum Tode hat befördert, ganz schön Kraft gebraucht. Oder ziemlich in Rage gewesen sein, nicht wahr? Es müssten eigentlich Partikel in der Wunde geblieben sein zurück, ich werde untersuchen es nachher genau.« Er ging mit seinem Gesicht ganz nah an die klaffenden, mit schwarzem Blut umrandeten Wunden heran und besah sich die Verletzungen lange. Zentimeter für Zentimeter fuhr er mit dem Lichtkegel einer kleinen Stablampe ab. »So ich kann nichts entdecken, außer etwas Wasser. Wie kommt Wasser in die Wunde, das ist komisch, nicht wahr? Und wieso blutet es? Müsste sein getrocknet alles längst, da hast du recht. Wie die Haut, die ist auch ganz trocken. – Na ja, wir werden herausfinden es.«

McNamara stand auf und blickte sich aufmerksam in dem Kellergewölbe um. Fernab der aufgestellten Scheinwerfer bemerkte er ein Glitzern auf dem Fußboden. Neugierig ging er hinüber und besah sich die Ursache. »Kann ich bitte haben etwas mehr Licht?«, rief er. Einer der Männer drehte eine der Lampen in seine Richtung.

»Interessant«, sagte Gregor und ging wieder in die Hocke. Vor ihm glänzte eine etwa 40 cm lange Lache auf den rauchgeschwärzten Holzbohlen, mit denen der ganze Raum ausgelegt war. Wie eben tauchte er einen Finger in die Pfütze und besah sich die Flüssigkeit genau, indem er seinen handschuhbewehrten Finger dicht vor die Augen führte. Ein durchsichtiger Tropfen glitzerte im Licht. Dann leckte der Schotte daran. »Interessant!«

»Iih!« Karen schüttelte sich. »Du hast doch noch Blut am Finger. Wie kannst du den ablecken?«

»Nun, ich dachte, ihr deutschen Polizisten habt eine bessere Beobachtungsgabe«, grinste Gregor. »Der Finger, den ich getaucht habe in das Blut, war mein Zeigefinger. Und der, den ich eben habe abgeleckt, mein kleiner. Das hier ist übrigens Wasser, wenn ich nicht irre mich.« Er ließ sich von einem der Spurensicherer eine Pipette geben und zog sie schnell mit der Flüssigkeit voll. »Wenn ihr seid fertig, bringt ihn mir nach Münster. Ich sehe ihn mir an noch heute, nicht wahr.« Damit ging er grußlos aus der Halle.

»Irgendwie ist Gregor im Dienst ziemlich kauzig«, meinte Karen. »Aber privat ganz nett. Was hat er gesagt? Der war Jahrzehnte eingefroren! Das kann doch eigentlich gar nicht sein. Außerdem hat den jemand hier abgelegt. Der muss Spuren hinterlassen haben. Wo ist der reingekommen?« Sie hielt die Taschenlampe auf die Ecke des Raumes gerichtet, die ohnehin taghell ausgeleuchtet war. Hansen nahm ihr die

Lampe aus der Hand und leuchtete ihr direkt in die Augen. Karen sah nur ein ganz schwaches Glimmen hinter dem runden Glas.

»Mit der jagst du jedem Verbrecher ganz bestimmt Angst ein. Werden ja alle geblendet von dem Lichtkegel. Gibts jetzt keine Batterien mehr? Sparmaßnahme oder was?«

»Mach dich ruhig lustig über mich, ich hab auch schon heftig geflucht. Immer geht das Scheißding nicht, wenn ich es brauche. Aber im Ernst, ihr müsst doch was finden. Der Eingang da oben wurde erst vor ein paar Stunden geöffnet und einen zweiten habe ich noch nicht entdeckt. Außerdem wiegt der Tote doch mindestens 90 Kilo. Den hat ja keiner locker hier reingetragen und ohne irgendwelche Spuren zu hinterlassen abgelegt.«

»Wir werden Spuren finden und wir werden den Eingang finden.« Hansen sah sich nach seinen in weiße Overalls gehüllten Männern um, die gerade den Fundort und den Toten fotografierten. Fragend zog er eine Augenbraue hoch.

»Bisher fast nichts, Chef. Da hinten in der Ecke haben wir einen Gürtel gefunden, Machart und Stil wie der Rest seiner Klamotten. Da, bei drei!« Er zeigte auf den Fundort, der mit einem kleinen Plastikschild markiert war. »Außerdem einen Knopf. Bei vier. Sieht alles ziemlich aus der Mode gekommen aus, wenn du mich fragst«, sagte einer der Männer. »Vielleicht finden wir unter der Leiche mehr, wenn wir sie abtransportieren können. Ich glaube fast nicht. Der ganze Raum wirkt irgendwie klinisch rein, ich dachte, das ist hier ein Museum oder so was. Es gibt nicht mal Spuren von Besuchern. Vielleicht bringt uns der Wasserfleck weiter.«

»Diese Halle ist erst vor ein paar Stunden entdeckt worden. Hier waren noch keine Besucher«, erklärte Karen. »Bitte fotografiert die Wasserlache und nehmt auch eine Probe mit.«

»Wo ein Knopf abreißt, findet man meistens auch noch Stofffasern. Nehmt euch nachher noch mal die Ecke gründlich vor«, sagte Hansen.

»Ja, Chef!«

»Und sucht nach dem verdammten zweiten Eingang. Es muss einen geben.«

»Ja, Chef!«

»Wie hat man ihn gefunden?«, wollte Hansen dann wissen.

»Die haben angeblich einen Hohlraum hinter der Mauer bemerkt, den ersten Stein rausgenommen und hinein geleuchtet. Da haben sie entdeckt, dass dahinter ein riesiger Raum lag. Als sie dann das Loch etwas vergrößert hatten, hat sich einer der Männer mit dem Oberkörper durchgezwängt und mit einer Taschenlampe reingeleuchtet. Er wunderte sich zuerst über die Holzleiter, die unter der Öffnung stand. Und als er sich weiter umsah, bemerkte er den Umriss des Toten hier hinten in der Ecke. Er konnte wohl nicht genau erkennen, worum es sich handelte. Sie haben dann die Steine so weit entfernt, dass man einigermaßen durchkommt. Dann ist der Mann runter und hat sich der Leiche genähert. Angeblich ist er aber nicht bis zu ihr gegangen, sondern nur so weit, bis er erkannte, dass es sich tatsächlich um einen Menschen handelte und nicht um eine Puppe oder Ähnliches. ›Ich wollte ja keine Spuren zerstören‹, meinte er. Danach haben sie uns angeblich sofort gerufen.«

»Die haben nicht nachgesehen, ob der Mann tot ist oder nur verletzt? Ich kann es nicht glauben.«

»Ich werde mir die Leute nachher noch einmal vornehmen.«

Hansen ging langsam in Richtung der alten Holzstiege. »Komm Schatz, es ist hier wirklich ›kalt wie Schwein‹, Gregor hat recht. Die Jungs machen das schon. Wenn sie fertig sind, lassen sie ihm die Leiche zur Obduktion bringen. Du kriegst unseren Bericht so schnell wie irgend möglich, die Fundstücke und die Wasserprobe lasse ich zur KTU[1] bringen. So wie ich ihn kenne, findet Gregor den Fall Klasse und wird sich sofort an die Autopsie machen.«

[1] Kriminaltechnische Untersuchung

4. Oktober, Präsidium

Es war fast zehn Uhr abends. Karen Leymann blätterte in den Unterlagen, die sie noch spät erhalten hatte. Vor ihr auf dem Tisch lagen über vierzig Fotos der Spurensicherung und weitere von der Obduktion.

Der endgültige Obduktionsbericht war zwar noch nicht fertig, aber aus den Unterlagen, die Gregor ihr auf den Tisch gelegt hatte, ging hervor, dass der Tod des Mannes durch zwei Stichverletzungen hervorgerufen worden war, von denen jede einzelne tödlich gewesen wäre. Ansonsten war er von kräftiger Gestalt und augenscheinlich gesund gewesen. Lediglich eine leicht vergrößerte Leber hätte ihm in den nächsten Jahren Probleme bereiten können. Doch das Gewicht der Leiche passte nicht zu ihrem kräftigen Erscheinungsbild: Der Leichnam, den jeder auf 80 bis 90 kg geschätzt hätte, brachte tatsächlich nur 68,3 kg auf die Waage. Anstatt der für einen erwachsenen Menschen normalen 65 - 70 % hatte der Tote nur noch einen Wassergehalt von 51 %. Daraus erklärte sich das fehlende Gewicht. Gregor war sicher, dass der Tote bereits vor mehreren Jahrzehnten ums Leben gekommen war und seitdem irgendwo eingefroren die Zeit überdauert hatte. Nur so ließ sich seiner Meinung nach die Austrocknung der Leiche und die teils merkwürdige Hautstruktur erklären. Vorsichtshalber hatte der Pathologe Zellproben entnommen und an ein forensisches Institut zur genaueren Untersuchung geschickt. Außerdem hoffte er auf eine Erklärung für die merkwürdige Fließfähigkeit des Blutes, das normalerweise längst geronnen wäre.

Danach hatte er sich die ungewöhnliche Kleidung des Mannes vorgenommen, obwohl dies zu den Aufgaben der kriminaltechnischen Untersuchung gehörte. Karen besah sich die Bilder, die er aufgenommen hatte. Jedes einzelne Kleidungsstück war genauestens dokumentiert, kein einziges Massenware. Die Nähte waren grob geheftet und unregelmäßig, es sah nach Handarbeit aus. Und die Kleidung war großteils abgewetzt und abgetragen. Uralt, gebraucht.

›Das sind nicht die Requisiten eines Schauspielers‹, dachte Karen. ›Ich schau mir die Sachen nachher noch mal im Original an. Vielleicht stammen sie aus einem Museum?‹

Sie hatte am Nachmittag noch mit Franz Berning, dem Leiter des Eiskellers, gesprochen. Das Gewölbe, in dem der Tote aufgefunden worden war, hatte man erst am Morgen bei Renovierungsarbeiten entdeckt. Niemand hatte eine Ahnung gehabt, dass es existierte. In den erhalten gebliebenen Bauplänen war es nicht erwähnt und der Übergang zu den bekannten Räumen war damals offensichtlich so sorgfältig mit rotem Ziegelmauerwerk verschlossen worden, dass man ihn bisher nicht bemerkt hatte. Nur einem Zufall und der Aufmerksamkeit eines Bauarbeiters war es zu verdanken, dass der Eingang offengelegt werden konnte. Dahinter befand sich eine hölzerne Leiter, über die man die acht mal achtundzwanzig Meter große Halle erreichen konnte. Wie Berning versichert hatte, war die Polizei sofort nach Entdeckung des Toten informiert worden. Seiner Einschätzung nach schien dieser Raum niemals in Betrieb genommen worden zu sein.

»Achten Sie auf die Holzbohlen, Frau Leymann«, hatte er gesagt, »sie erwecken nicht den Anschein, als hätten sie längere Zeit im Wasser oder unter dem Eis gelegen. Es sieht eher so aus, als hätte man den Raum für die Eiseinlagerung vorbereit und als wäre dann etwas dazwischen gekommen.« Mehr wisse er auch nicht über das mysteriöse Gewölbe, er wolle aber noch einmal die Aufzeichnungen durchsehen, ob irgendetwas über diesen Keller vermerkt wäre. Vielleicht hätte man etwas übersehen. Karen hatte dem Mann mitgeteilt, dass die Kriminalpolizei das gesamte Gebäude bis auf Weiteres versiegeln würde.

Die Spurensicherung hatte vorsichtshalber Mörtel- und Gesteinsproben genommen, um auszuschließen, dass der Zugang erst vor Kurzem zugemauert worden war. Nach erster Inaugenscheinnahme sah es so aus, als wäre alles uralt und über Jahrzehnte durchgetrocknet.

›Warum haben die sich nur die Steine vorgenommen? Die sollen auch Proben von dieser komischen Leiter und den Holzbohlen auf dem Boden nehmen und zur KTU bringen. Da muss man doch das Alter bestimmen können? Wie heißt das noch? C-14-Methode?‹ Karen machte sich eine Notiz, sie würde Hansen morgen fragen.

Die Kommissarin hatte immer noch keine Idee, was es mit dem unbekannten Toten auf sich hatte. Der Mann dürfte um die fünfzig Jahre alt gewesen sein, die gesamte Erscheinung war mehr als auffällig. Ein dicker, gezwirbelter Schnauzbart zierte sein Gesicht, die restliche Bartbehaarung war unregelmäßig geschnitten und bestand aus millimeterlangen Stoppeln. Aber die konnten auch nach dem Tod des Mannes noch gewachsen sein. ›Quatsch!‹, schalt Karen sich selbst. ›Alter Irrglaube, nichts wächst mehr nach dem Tod.‹ Gregor hatte sie vor einigen Wochen aufgeklärt. »Durch die postmortale Dehydratation die Haut zieht sich zurück und dadurch die Haare sehen länger aus als vorher und auch bei den Fingernägeln das Nagelbett trocknet ein. Deshalb die Nägel wirken länger ebenfalls. Bei flüchtiger Betrachtung sieht es so aus tatsächlich, als wäre das Wachstum nicht gestoppt worden sofort. Aber das ist nicht richtig. Ganz interessant: Im Mittelalter hat man Hexen nach der Hinrichtung häufig ausgegraben nach einigen Tagen noch einmal, um zu sehen, ob die Haare und die Nägel sind gewachsen weiter. Wenn das der Fall war, und das war er immer, das ein Beweis dafür war, dass die Frau tatsächlich war eine Hexe und das Urteil natürlich korrekt. Obwohl – wenn es das nicht wäre gewesen, hätte es für die Hexe auch keinen wirklichen Unterschied gemacht, nicht wahr?«

Gregor zog oft seine Zuhörer mit diesen kleinen Geschichten in den Bann. Der unbestreitbare Vorteil war, dass Karen überhaupt keine Probleme hatte, sich die von Gregor vorgetragenen Theorien zu merken. Wie Filme brannten sich die Erzählungen bei ihr ein und waren jederzeit abrufbar. Sie selbst würde niemals wieder daran glauben, dass die Haare eines Menschen auch nach dem Tod weiterwachsen. Und sollte sie irgendwann einmal Kinder haben, die dumme Fragen zu diesem Thema hatten, könnte sie es ihnen sehr plastisch erklären. Die Story mit den Hexen würden sie jedenfalls nicht vergessen.

5. Oktober, Eiskeller

Die Nacht war fürchterlich. Nach knapp vier Stunden unruhigen Schlafes stand Karen völlig durchgeschwitzt und entnervt auf. Sie nahm eine ausgiebige Dusche. Das heiße Wasser erfrischte ihren Körper, doch ihre Gedanken hingen weiterhin ihren Träumen nach. Sie hatte das Gesicht des Toten die ganze Nacht vor sich behalten, und auch jetzt konnte sie es nicht abschütteln. Sie ärgerte sich einerseits über ihre unzureichende Professionalität, andererseits wunderte sie sich über sich selbst. Tote zu sehen war Teil ihres Jobs. Wieso berührte sie gerade dieser Mann so sehr? Sie hatte Kinder und Frauen gesehen, denen Fürchterliches angetan worden war. Oft hatte sie sich abwenden und um Fassung ringen müssen, bevor sie dazu übergehen konnte, die jeweiligen Täter dingfest zu machen.

Doch dieser Fall war anders. Ohne Frage handelte es sich um eine brutale Gewalttat, doch Karen hatte ein unbestimmtes Gefühl, das sie sich nicht erklären konnte. Dies war kein gewöhnlicher Mord oder eine Beziehungstat. Irgendetwas passte nicht. In Gedanken ging sie noch einmal durch, was sie bisher an Erkenntnissen über den Fall gewonnen hatten. Viel war es nicht. Die Sache war ungewöhnlich und rätselhaft, die Leiche ein unbekannter, kräftiger Mann mittleren Alters. Die beiden Wunden waren ihm offensichtlich mit großer Gewalt beigebracht worden. Entweder war der Täter sehr stark oder sehr, sehr wütend gewesen. Sie würde es herausfinden. Der Fundort, vielleicht war es sogar der Tatort, war bis auf die kleine Blutlache sauber gewesen. Hansens Leute hatten bisher nichts an verwertbaren Spuren entdecken können: Einen Gürtel, vermutlich der des Toten; eine unerklärliche Schramme im Mauerwerk, etwa auf 150 cm Höhe; ein paar Stofffasern und einen Knopf in einer Ecke des Raumes. Das war alles. Vor allem aber hatten sie keinen Eingang gefunden, durch den man die Leiche hätte hineinbringen können. Das Einstiegsloch, durch das die Entdecker und auch die Kriminalisten in den Keller gelangt waren, war erst einige Stunden zuvor aus dem Mauerwerk gebrochen worden. Selbst Karen, wahrlich keine Fachfrau auf diesem Gebiet, hatte erkennen können, dass der verwendete Mörtel staubtrocken war und somit sicherlich schon einige Zeit abgebunden hatte. Doch wie hatte der Tote in diesen abgeschlossenen Raum gelangen können? Wie konnte sein Zustand erklärt werden? Wenn er so alt war wie Gregor behauptete, hätte er längst verwest sein müssen. Warum ist er es nicht? Konnte die Theorie stimmen, dass man den Mann über Jahrzehnte eingefroren hatte? Wer macht so etwas? Wer war der Tote? Verzweifelte Angehörige hatten sich bislang nicht gemeldet, ein erster Check bei der Polizeidirektion Münster hatte ergeben, dass auch niemand aus der Gegend vermisst wurde. Ein Abgleich mit der bundesweiten Vermisstendatenbank war ebenfalls ohne Ergebnis geblieben. Niemand, dessen Beschreibung auch nur im Entferntesten auf den Toten gepasst hätte, war in den Polizeisystemen erfasst.

Was an diesem Fall beschäftigte sie so? Gut, der Sachverhalt war unerklärlich, es waren einfach zu viele Ungereimtheiten mit dem Leichenfund verbunden. ›Wir müssen etwas übersehen haben! Es muss einen Schlüssel zu dem Fall geben!‹ Mitten in der Nacht beschloss Karen, sich den Fundort des Toten noch einmal anzusehen.

Auf dem Weg nach Altenberge überlegte sie in ihrer Dienststelle anzurufen. ›Quatsch, es ist noch nicht mal fünf. Ich bin ja sowieso wieder vor den anderen im Präsidium.‹ Eine gelb blinkende Leuchtreklame riss sie aus ihren Gedanken. Zwei belegte Brötchen 2,40 €. Auch ihr Magen hatte das Schild offensichtlich gesehen und begehrte auf. ›Hunger!‹, schien er zu rufen. Sie bog auf die Tankstelle ein und kaufte zwei Käsebrötchen. ›Irgendwann musst du doch mal lernen, ordentlich und in Ruhe zu frühstücken!‹, schalt sie sich, während sie das Geld abgezählt in die Plastikschale auf dem Tresen legte.

Zehn Minuten später bog sie auf den kleinen Parkplatz vor dem historischen Eiskeller ein und stellte den Motor ab. Sie sah an sich herunter. Unzählige Frühstückskrümel hatten sich in dem dicken Wollpullover verfangen und auf ihrer Jeans lag ein Stückchen Käse.

›Das musst du dir echt abgewöhnen‹, sagte sie sich halblaut, dann griff sie nach ihrer Jacke auf dem Rücksitz. ›Hansen soll noch mal sagen, dass ich nicht selber daran denken kann.‹ Sie ging die paar Schritte hinüber zu der gläsernen Eingangstür. Die Schlüssel hatte sie gestern von Herrn Berning bekommen, dem Leiter des Heimatvereins, der das Baudenkmal verwaltete. Jetzt brach sie das Siegel, das die Spurensicherung an der Tür angebracht hatte und ging in den wie eine Eisscholle gestalteten Vorraum. Sie tastete nach dem Lichtschalter und tauchte den Raum in unwirkliches Licht, dann stieg sie die Stahltreppe hinab in die alten Gewölbe des

Eiskellers. Es war kalt, feucht und muffig. Etwas Wasser sickerte aus einer Wand und lief über den Steinboden.

›Was tue ich hier?‹, fragte sie sich. Sie fühlte sich unwohl in dem alten Gemäuer und sprach deshalb, ohne es zu merken, halblaut weiter. »Die SpuSi hat doch alles untersucht, es ist ja wohl kaum möglich, dass die was übersehen haben. Außerdem hat Gregor recht: Es ist hier ›kalt wie Schweine.‹« Karen schloss ihre Jacke über dem Pullover und durchquerte einen Kellerraum, um zu der ersten Eishalle zu kommen. Zwischen den mächtigen Pfeilern fand sie sofort den Zugang zum neuen Gewölbe. Die Spurensicherung hatte, vermutlich aus reiner Gewohnheit, auch hier ein Absperrband quer gespannt: »Kriminaltechnische Untersuchungen, Durchgang verboten!« Karen zerriss es und zwängte sich durch den schmalen Eingang. Die rohe Holzstiege führte fast senkrecht etwa vier Meter nach unten, ein Geländer gab es nicht. »Wie haben die denn hier die Leiche hochbekommen? Ich muss Hansen nachher fragen.« Die Kommissarin schaltete ihre Taschenlampe ein, die sie mit neuen Batterien versehen hatte. In dem starken Lichtkegel sah sie deutlich die schwarzen, etwas unregelmäßigen Holzbohlen auf dem Boden. Sie ließ den Lichtschein über die Wände wandern. Roter Ziegel, dicht an dicht gemauert. Elektrik schien es genauso wenig zu gegeben wie irgendeine andere Art von Installation. Keine Rohre, keine Regale, nichts! Nur roher Stein!

Sie stieg hinab und ging an die Stirnseite des Gewölbes, wo die Kreideumrisse des Mannes und ein mattschwarzer Fleck mittlerweile getrockneten Blutes auf dem Boden davon zeugten, dass hier gestern noch eine Leiche gelegen hatte.

»Wieso ist das Blut jetzt getrocknet?«, fragte sie in das Dunkel hinein. »Es war doch angeblich seit Jahrzehnten flüssig?« Karen war schon an vielen ungewöhnlichen Orten gewesen, doch einen Rest von Angst oder Unbehagen verspürte sie immer. Sie schalt sich deshalb häufig, weil es ihrer Meinung nach für eine Kriminalkommissarin nicht zulässig war, doch abstellen konnte sie es nicht. Sie stellte sich neben den Fundort und ließ den Lichtkreis der Lampe langsam über die Ziegelwände gleiten. Ihr Eindruck bestätigte sich. Die Steine waren äußerst gleichmäßig gemauert und in Anbetracht des Alters in erstaunlich gutem Zustand. ›Es wirkt, als ob das alles neu erbaut wurde‹, dachte sie. Dann sah sie sich weiter um. Der Wasserfleck von gestern war weggetrocknet, lediglich ein leichter Rand war auf der dicken Holzbohle auszumachen.

Karen ging langsam die Mauern entlang und versuchte, irgendetwas Ungewöhnliches zu entdecken oder wenigstens ein Gefühl, eine Ahnung dafür zu entwickeln, was hier passiert sein konnte. Aber da war nichts. Sie ging wieder zurück zu dem Kreidemann, stützte die Hände auf die Hüften und überlegte. Dann meinte sie, ein Geräusch zu hören.

Das fahle Licht, das aus der schmalen Öffnung in vier Metern Höhe in den Raum sickerte, fing plötzlich an zu flackern und erlosch nur wenige Augenblicke später. Karen knipste reflexartig die Taschenlampe aus und tastete sich vorsichtig und geräuschlos zur Leiter unterhalb des Einstiegs. Sie drückte den Rücken an die kalte Ziegelmauer und ließ die Lampe in ihrer Tasche verschwinden. Stattdessen zog sie lautlos ihre Pistole aus dem Holster. Sie hasste Waffen, aber in dieser Situation gab ihr der kalte Stahl der Heckler und Koch

Sicherheit. Dann hörte sie das Knarren der alten Bohlen, die auch in dem Gewölbe über ihr ausgelegt waren. Eine Person näherte sich. Karen hielt den Atem an. Wer um alles in der Welt kam um fünf Uhr morgens in den Eiskeller und löschte das Licht, bevor er hinunterging?

Die Schritte kamen näher und die Kommissarin konnte erkennen, dass sich jemand mit einer schwachen Lampe dem Einstiegsloch näherte. Dann fielen flackernde Lichtstrahlen in den Raum, wie von einer Kerze oder einer Öllampe.

»Dat wött nicks mäer[2]«, drang eine raue männliche Stimme leise an ihr Ohr.

»Es muss noch Torf an die Wand oder wenigstens Stroh. Aber die liefern nicht wegen des harten Winters. Jetzt muss geerntet werden. Jetzt, bevor es taut! Wir holen die erste Ernte rein und füllen erst den Rundkeller. Und wenn der hier unten nicht mehr fertig wird vor der zweiten Ernte, schließen wir ihn bis nächstes Jahr.«

»Ja, Meister«, sagte eine andere Stimme. Das Licht verschwand aus der Öffnung, die Schritte und das Knarren des alten Holzes wurden leiser. Karen fühlte ihren Puls heftig schlagen. Sie hatte die Worte der Männer zwar leise, doch deutlich gehört, aber sie konnte sich keinen Reim darauf machen. Sie war unsicher, wie sie sich verhalten sollte. Offensichtlich hatten die Männer sich entfernt, ohne sie entdeckt zu haben. Vielleicht oder wahrscheinlich hatten sie

[2]Das wird nichts mehr

auch gar nicht nach ihr gesucht. Doch was hatten sie überhaupt hier zu suchen gehabt? In einem von der Polizei versiegelten Gebäude? Und worüber hatten sie gesprochen? Karen war sich sicher, deutlich das Wort »Ernte« gehört zu haben. Es war Oktober, was gab es da noch zu ernten? Erntedank war bereits vorbei, vielleicht hatte jemand noch ein paar Äpfel am Baum. Aber was hatte das mit diesem Keller zu tun?

Ihr Unbehagen verstärkte sich. Sie wollte nicht von diesen Männern entdeckt werden und überlegte, einfach hier unten abzuwarten, bis es Tag wurde und der Eiskeller für die Besucher öffnete. Doch den Gedanken verwarf sie sofort wieder: Sie selbst hatte die Versiegelung des Gebäudes angeordnet, da war wohl kaum mit Besucherverkehr zu rechnen. Nachdem sie eine schier endlos wirkende Zeit abgewartet und keinerlei weitere Laute vernommen hatte, tastete sie sich langsam und vorsichtig auf die Stiege. Stufe für Stufe erklomm sie sie, wobei sie das Gewicht nur sehr behutsam verlagerte, um kein Geräusch zu verursachen. Sich in dieser vollkommenen Dunkelheit in die Höhe zu arbeiten erforderte ihren ganzen Mut und ihre volle Konzentration. Endlich ertastete sie das Ende der Leiter, hier musste der Ausstieg sein.

Erschrocken hielt sie inne, als ein gedämpftes Schnarren zu ihr drang. So, als wäre in einiger Entfernung eine rostige Eisentür bewegt worden. Karen verharrte bewegungslos auf der Leiter, sie wagte kaum zu atmen. Dann hörte sie erneut Stimmen. Männerstimmen, die sich etwas Unverständliches zuriefen. Lachen, dann ein dumpfes Geräusch, gedämpftes, entferntes Knallen und Splittern. Wieder und wieder das gleiche Geräusch, dazwischen Männerstimmen. Laut, als ob sie Scherze riefen.

Die Anwesenheit mehrerer Männer beruhigte die Kommissarin. Sie hatte zwar keine Ahnung, was diese gerade taten und womit und warum sie so einen Radau veranstalteten, aber das war zumindest nicht das Verhalten von Menschen, die etwas Ungesetzliches im Schilde führten.

Karen atmete tief durch und entschloss sich, aus ihrem Versteck zu kommen und sich die Sache genauer anzusehen. Es musste eine vernünftige Erklärung für ihre Beobachtungen der letzten Stunde geben. Doch kaum hatte sie den Entschluss gefasst, als sie erneut Schritte hörte, die laut eine Treppe hinabstiegen. Ein Schauer lief ihr den Rücken herunter. ›Wer kommt denn jetzt schon wieder?‹ Sie sah durch die Maueröffnung, wie ein diffuses Licht das davor liegende Gewölbe etwas erhellte. Die Schritte wurden lauter.

»Wir schauen jetzt erst einmal, wie es im Bunker aussieht, bevor die nächste Fuhre kommt. Vielleicht muss einer rein und die Schollen geradeziehen. Auf alle Fälle muss erst noch die Tür verriegelt werden.« Karen sah, wie zwei Männer mit festem Schritt an ihrer Öffnung vorbeischritten. Beide in altertümlich wirkende Kleidung gehüllt und eine Schiebermütze auf dem Kopf. Einer trug eine Lampe, in der ein Öl- oder Kerzenlicht dafür sorgte, dass ein schwacher Lichtschein die nächsten Meter um die beiden herum beleuchtete.

›Die sind genauso gekleidet wie der Tote‹, schoss es ihr durch den Kopf. ›Was machen die hier? Ist das so eine Art

Brauchtumsverein, der irgendeinen Mummenschanz aufführt? Na, die können was erleben, das Gebäude ist doch versiegelt.‹

»Meister?« Eine laute Stimme schreckte Karen aus ihren Gedanken. »Meister, seid Ihr da?«

›Wie reden die denn?‹

»Was gibts?«, hörte sie eine laute Männerstimme rufen. Die gleiche Stimme, die eben schon etwas vom Bunker faselte, was sie nicht verstanden hatte.

»Meister, kommt schnell. Es hat ein Unglück gegeben!«, klang es von fern durch die kahlen Hallen.

»Was ist passiert?«

»Henrich ist unter die Räder gekommen! Unten am Borndalsweg!«

»Herrgott! Wir kommen!«

Karen hörte, wie die beiden Männer sich mit schnellen Schritten entfernten. Sie steckte den Kopf durch die Maueröffnung und sah noch den letzten Schimmer des schwachen Lichts, der sich dann in einer der angrenzenden Hallen verlor. Sie hatte keine Lust mehr auf diesen Humbug und zog ihre Taschenlampe hervor. Doch der Druck auf den Schalter blieb ohne Ergebnis, es war dunkel wie zuvor. Karen unterdrückte einen Fluch. ›Es kann doch wohl nicht sein, dass die uns mit so einem Mist an Material losschicken! Wenigstens eine simple Taschenlampe sollte doch funktionieren, das wird den Etat schon nicht sprengen.‹

Vorsichtigen Schrittes ging sie in die Richtung, in der die beiden Männer verschwunden waren. Ein schwaches Licht ließ sie die Umrisse eines Durchgangs erahnen. Es war kalt. Sie tastete sich weiter. Hinter dem Durchgang war ein neues

Gewölbe. Es ging nur nach links. Karen sah, dass das fahle Licht durch einen senkrechten Schacht fiel, der sich an der Kopfseite des Raumes befand. Ein eigentümlicher Geruch lag in den Räumen. Dann erkannte sie erneut eine Öffnung in der Wand. Dahinter wurde es tatsächlich etwas heller. Vor einer Tür blieb sie einige Sekunden stehen und starrte fasziniert in einen kreisrunden Raum, in den aus einem Loch hoch oben an der Decke etwas Licht fiel. Der Boden war von zentimeterdicken Eisplatten bedeckt. Doch jetzt wollte sie weiter und wissen, was hier los war. Sie spürte einen Luftzug und entdeckte im Halbdunkel die Umrisse einer Tür am Ende des Ganges. Sie drückte die schwere Holztür auf und trat ins Freie.

Ein bitterkalter Wind fegte an der Ziegelmauer entlang. Reflexartig zog sie die Jacke fester zu. Schnee staubte zwischen den Bäumen umher und legte sich in kleinen Wehen an den Wegrand. Schnee? Es war gerade mal Oktober, wo kam so plötzlich der Schnee her? Doch Karen hatte keine Zeit, weiter darüber nachzudenken. In etwa zweihundert Metern Entfernung sah sie, wie mehrere Männer mit einem Pferdegespann beschäftigt waren und wild gestikulierten. Sie lief hinunter zu ihnen und hörte ihre aufgeregten Stimmen.

»Wie ist das passiert?«, schrie ein Mann.

»Das Geschirr ist gerissen, Meister. Da ist der Wagen zurückgerollt und der eine Gaul konnte nicht dagegenhalten. Er ist mit zurückgezogen worden auf dem glatten Boden. Und als der Wagen stand lag Henrich darunter. Gott sei ihm gnädig.«

Erst jetzt sah Karen, dass unter dem Wagen ein Körper lag, halb unter Eisschollen verschüttet. Sie zückte ihr Handy und wollte einen Notarzt rufen, aber das Display blieb dunkel. Offensichtlich war der Akku leer. Sie unterdrückte erneut einen Fluch und stürzte auf den Verletzten zu, um Erste Hilfe zu leisten, doch die Männer standen dicht an dicht. Niemand nahm Notiz von ihr oder ließ sie gar durch. Karen ging in die Hocke und konnte so das Unfallopfer wenigstens sehen, ein starres Augenpaar schien sie anzublicken. Mit Mühe konnte sie seinen Arm unter dem Fahrzeug erreichen. Sie tastete nach seinem Handgelenk und fühlte den Puls. Nichts!

»Wir müssen den Doktor rufen«, hörte sie einen der Männer sagen.

»Der braucht keinen Doktor mehr, holt lieber den Pfarrer«, erwiderte der Mann kühl, den offensichtlich alle den »Meister« nannten. »Ich habs gleich gewusst, der taugt zu nichts. Steht immer nur im Weg rum. Holt den Pfaffen und dann schafft ihn hier weg. Und seht zu, dass ihr das Eis heute noch reinkriegt, es fängt an zu tauen.«

Die herumstehenden Männer nahmen ihre Mützen ab und bekreuzigten sich. Einer lief los. »Ich habs dem Ludger gesagt. Das Geschirr ist alt und marode, das hält nicht. Und nur einen Gaul für den steilen Weg, das konnte nicht gut gehen«, flüsterte ein anderer. »Der Meister hält das Geld zusammen, wo es geht. Als ob es seins wäre. Und Henrich musste dran glauben, Gott sei ihm gnädig«, erwiderte ein weiterer ebenso leise. Etwas abseits der Gruppe stand der Mann, der eben so kaltschnäuzig die Befehle gegeben hatte. Er holte eine Tabakspfeife aus seiner Tasche und steckte sie in den Mund.

Ohne sie anzuzünden stand er da und sah auf die schneebedeckten Wiesen unterhalb des Hügels. Gelegentlich blickte einer der anderen Männer verstohlen zu ihm hinüber. Karen fiel unangenehm auf, dass immer noch niemand von ihr Notiz nahm.

Sie wollte gerade aufstehen und mit der Befragung der Unfallzeugen beginnen, als der Pfeifenraucher sich umdrehte. »Los, ihr habt genug Maulaffen feilgehalten. Henrich hats hinter sich und das Eis muss trotzdem rein. Sonst wirds nichts mit Bier im nächsten Jahr und das wird den Herrn Wesseling nicht erfreuen. Er will, dass in seiner Brauerei gebraut wird und nicht herumgestanden. Los, los!«

Karen blickte hoch und sah den Mann entrüstet an. Sie wollte ihn zur Rede stellen, doch sie erstarrte, als sie den Mann erkannte, der hier das Sagen hatte. Ein kalter Schauer lief ihren Rücken herunter. Dann nahm sie ihren ganzen Mut zusammen und stand langsam auf. Sie blickte ihm gerade ins Gesicht, aber allem Anschein nach sah er sie nicht. Sie allerdings kannte ihn genau. Erst gestern hatte sie diesen Mann tot auf den schwarzen Bohlen des Eiskellers gesehen.

6. Oktober

Sie erwachte durchgefroren hinter dem Lenkrad ihres Autos. Karen schüttelte sich.

»Du bist bescheuert. Wie kannst du dich völlig übermüdet hinter das Steuer setzen? Alles Mögliche hätte passieren können. Total beknackt!« Halblaut schimpfe sie noch eine Weile vor sich hin, dann ließ sie den Motor an und rollte vom Parkplatz. »Was für eine Scheißidee, mitten in der Nacht den Fundort zu inspizieren! Nach so einer Scheißnacht!«

Eine halbe Stunde später saß sie an ihrem Schreibtisch im Präsidium. Es war immer noch früh am Morgen, nur wenigen Personen war sie auf dem Weg in ihr Büro begegnet. Während der Fahrt hatte sie sich zusammenreimen können, was geschehen war. Nach einer verkorksten Nacht hatte sie die irrationale Entscheidung getroffen, sofort den Eiskeller noch einmal aufzusuchen. Getrieben von der Hoffnung, daraus irgendwelche Erkenntnisse für ihre Ermittlungen zu ziehen. Als ob Hansen mit seinem Team nicht schon alles untersucht hätte. Offensichtlich hatte sie es dann noch genau bis zum Parkplatz geschafft, wo der Schlaf sie überwältigte. Im Traum war dann der unbekannte Tote wiederauferstanden. Glücklicherweise war sie aufgewacht, bevor irgendjemand sie gesehen hatte.

›Das war absolut unprofessionell. Alleine an die Fundstelle des Toten, möglicherweise den Tatort, gehen zu wollen um noch mal nach Spuren zu suchen. Hansen darf das nie erfahren, das geht ja voll gegen seine Berufsehre.‹ Sie stand auf und ging zur Kaffeemaschine. Die Thermoskanne war leer, bisher hatte noch keiner die Idee gehabt, Kaffee zu kochen. Wie auch, es war ja niemand da außer ihr. Sie seufzte, holte Wasser, machte den Filter mit Kaffeepulver fertig und drückte auf den roten Knopf. Als sie wieder zurück zu ihrem Tisch ging hörte sie bereits im Hintergrund das genussversprechende Blubbern, mit dem die alte Maschine ihrer Bestimmung nachging.

Auf der Computertastatur lag eine dünne Mappe mit dem fertigen Bericht der Pathologie. ›Gregor ist noch verrückter als ich dachte, wenn er den gestern Nacht noch gemacht hat‹, dachte sie und legte die Mappe erst einmal zur Seite. Der Computer wartete auf das Passwort.

Es klopfte, gleich danach öffnete sich die Tür. »Moin Schatz«, erklang eine tiefe Stimme. »Hast du Kaffee fertig?«

›Oh nein, Hansen!‹ Ihr war heute Morgen nicht nach dessen munterer Art zumute. Sie war einfach zu müde und irgendwie ließ sie auch der merkwürdige Traum nicht los. Andererseits konnte ihr Kollege nichts für ihren aktuellen Gemütszustand. Sie zwang sich ein Lächeln ins Gesicht und drehte sich um.

»Moin Dicker. Selbstverständlich habe ich Kaffee fertig. Und wenn du schon mal dabei bist, bring mir doch bitte einen mit.«

Hansen ging zu dem flachen Schrank, auf dem die Maschine stand und kramte einen Moment darin herum. Schließlich hatte er zwei Becher herausgesucht, die seiner Meinung nach sauber genug waren, um schwarzen Kaffee daraus zu trinken. Er goss die Tassen voll und kam damit zurück. Dann setzte er sich auf die Tischkante und reichte seiner Kollegin einen bunten Becher mit dem Aufdruck Ver.di.

»Du kriegst die Gewerkschaftstasse. Prost Kaffee!«, grinste er.

»Prost Kaffee«, erwiderte Karen. Sie nahm einen kleinen Schluck. Das Gebräu war kochend heiß und widerlich stark, also genau richtig. Sie sah in Hansens grinsendes Gesicht. ›Er würde wirklich einen guten Seebären abgeben.‹

»Wo warst du denn gestern, Hasi?«, fragte der Seebär. »Wir haben uns Sorgen gemacht, Gregor und ich.«

»Aber Hase«, flötete Karen. »Das weißt du doch genau. Wir beiden Hübschen waren doch zusammen in dem dunklen Kabuff, oder etwa nicht? Mit der auf alt gemachten Leiche.«

Hansen sah sie unsicher an. »Das, Schnuckelpützchen, war vorgestern. Aber gestern haben wir dich nicht gesehen und auch nicht erreicht. Nicht mal ans Handy bist du gegangen. Muss ich mir Sorgen machen? Gibt es einen, den du lieber hast als deine netten Kollegen hier?«

Karen wurde blass. »Mein Handy«, stotterte sie, »ich habe vergessen, es aufzuladen.« Sie zog ihr Telefon aus der Tasche und sah auf das Display. Nett und einladend forderte der kleine Bildschirm sie auf, ihre PIN einzugeben.

»Das sieht mir nicht so aus, als ob der Akku leer wäre«, sagte Hansen. »Du hast nur vergessen, es einzuschalten.«

»Ich vergesse niemals, mein Handy einzuschalten«, erwiderte Karen genervt. »Ich kann es nicht vergessen, weil ich es niemals ausschalte!« Blitzschnell hatte sie die PIN eingegeben und einige Sekunden später verkündete das Telefon mit freudigstem Piepen, dass mehrere SMS eingegangen waren und dass vier Personen versucht hatten, sie zu erreichen. Alle Nachrichten waren von gestern. Ungläubig sah sie das Display einen kleinen Moment an, dann warf sie das Handy auf die Unterlagen, die sich auf ihrem Schreibtisch stapelten.

Hansen sah, dass etwas nicht in Ordnung war. Er wartete einige Sekunden ab, dann fragte er vorsichtig »Karen?« Die alberne Flirterei von eben hatte er jetzt aufgegeben.

Sie sah ihn unsicher an, griff dann nach dem Kaffeebecher. »Es ist nichts. Ich, – ich habe Überstunden abgebaut. Der Chef hatte mich drum gebeten.« Nachdem sie einen Schluck genommen hatte, stellte sie den Becher mit zitternder Hand direkt auf einen kleinen Absatz, der sich aus diversen Papierstapeln herausgebildet hatte. Sie bemerkte, dass der Kaffee sich zur Seite neigte. Es wäre vermutlich nichts passiert, wenn sie nicht hektisch zugegriffen hätte. Jetzt aber stieß sie den Becher vollends um, der schwarze Inhalt ergoss sich über die Unterlagen.

»Mist!«, entfuhr es ihr. Panisch versuchte sie, die Flüssigkeit mit der Hand wieder in den ursprünglichen Behälter zurück zu befördern. Hansen war zwischenzeitlich aufgesprungen und hatte Küchenpapier geholt, das immer griffbereit auf dem kleinen Sideboard neben der Kaffeemaschine stand. Er tupfte den Kaffee auf, nahm die einzelnen Dossiers in die Hand, ließ die Flüssigkeit senkrecht in den Becher tropfen und hängte die Akten dann zum Trocknen über alle sich anbietenden Gegenstände. Karen saß in ihrem Bürosessel und ließ ihn gewähren. Nach wenigen Minuten war die gröbste Katastrophe beseitigt.

Hansen nahm Karens Becher, ging zur Spüle, goss den vom Schreibtisch und den Unterlagen entfernten Kaffee aus und wischte den Becher sauber. »Kaffee?«, fragte er in Karens Richtung.

»Gern«, sagte sie übertrieben freundlich. Sie hatte sich immer noch nicht gefasst. Wo war der gestrige Tag geblieben? Sie war froh, dass Hansen einen Moment beschäftigt war und nicht sofort nachbohren konnte, was passiert war. Aber jetzt würde das bestimmt kommen.

»Danke.« Sie war jetzt wirklich dankbar für das starke, heiße Getränk.

»Alles in Ordnung?«, fragte Hansen erneut.

»Ja, sicher.«

»Und gestern? Auch alles in Ordnung gestern?«

»Ja, natürlich!« Ihre Stimme klang jetzt deutlich genervt.

»Hör zu, Karen. Es geht mich nichts an, was du gestern gemacht hast. Aber deine Reaktion eben hat mich schon etwas erschreckt. Du hast gezittert!«

»Hansen, du hast ja so recht. Es geht dich wirklich nichts an.« Sie packte ihr Handy und die Taschenlampe in ihre Handtasche. Dann nahm sie die Lampe wieder heraus und knipste sie an. Obwohl die Sonne mittlerweile hell in den Raum schien, war der Lichtkegel deutlich zu sehen. Sie schaltete sie wieder aus und ließ die Lampe in ihrer Tasche verschwinden. Ihr Kollege sah sie dabei interessiert an.

»Ich habe nicht gezittert! Und jetzt muss ich noch mal in den Eiskeller«, sagte sie und stand auf.

»Warte einen Moment, dann komme ich mit«, antwortete Hansen.

»Wieso, ich dachte, ihr seid fertig?«

»Ja, dachten wir auch. Aber gestern Morgen haben wir die Meldung bekommen, dass beide Siegel verletzt waren. Oben an der Tür und unten am Einstieg zum neuen Keller. Es scheint nichts weggekommen zu sein, jedenfalls nach Aussage des Leiters. Aber ein Siegel ist ein Siegel. Es aufzubrechen ist strafbar und das weiß jedes Kind. Wir wollen wissen, wer das war. Die Kollegen waren eine ganze Zeit vor Ort, haben aber keinerlei Spuren weiter entdecken können. Auch keine Fingerabdrücke von Unbekannten. Nur halt die von uns von vorgestern. Und jetzt möchte ich doch mal selber rüber und nachschauen, ob die was übersehen haben.«

Karen war in ihren Sessel zurückgefallen. »Das Siegel gebrochen? Auch unten?«

»Na ja, unten haben wir ja streng genommen kein Siegel. Aber den Durchgang hatten wir schon mit Flatterband kenntlich gemacht, und das hat jemand zerrissen!«, bestätigte ihr Kollege. »Und der- oder diejenige hat angeblich keine Spur hinterlassen. Ich kann es kaum glauben. Da wird ja wohl kein Geist eingestiegen sein. Es muss einfach etwas zu finden sein.«

Karen sah in ihrem inneren Auge, wie sie selbst die Siegel aufbrach. Das wäre an sich kein Problem, sie war die ermittelnde Kommissarin und hatte jedes Recht dazu. Und normalerweise hätte sie beim Verlassen des Eiskellers auch die Türen wieder versiegelt oder sie hätte einfach die Kollegen von der Spurensicherung informiert. Aber sie war sich sicher, dass sie nur einen merkwürdigen Traum gehabt hatte. Wie konnte ein Traum ein Siegel aufbrechen? Wo war der gestrige Tag geblieben? ›Habe ich einen ganzen Tag verschlafen?‹

Hansen bemerkte, dass seine Kollegin mit ihren Gedanken nicht bei sich war. So kannte er Karen nicht. Normalerweise war sie immer diejenige, die sich jederzeit auf den betreffenden Sachverhalt voll konzentrieren konnte.

»Karen?«, fragte er vorsichtig.

»Ja?« Die Antwort klang sehr erschrocken.

»Karen, ist etwas passiert, was ich wissen sollte?«

»Hansen«, sagte sie unglücklich, »ich weiß nicht, was gestern war. Ich kann mich nicht erinnern.«

Er ging zu ihr rüber und sah sie ernst an. »Du meinst, dir fehlt der ganze Tag?«

Sie nickte unglücklich.

Hansen ging zu ihr und legte seine Hand auf ihren Arm. »Warst du vorgestern noch los? In irgendeiner Kneipe? Hat dir einer was ins Glas geschüttet?«

»Du meinst K.O.-Tropfen oder so?« Sie schüttelte den Kopf. »Ich bin vom Präsidium direkt nach Hause gefahren. Und am nächsten Morgen sofort nach Altenberge und von da wieder hierher an den Schreibtisch.«

»Altenberge? Was wolltest du denn da?«

Sie konnte oder wollte ihm jetzt nicht erzählen, dass sie mitten in der Nacht den Fundort aufsuchen wollte. Sie hatte einfach keine Kraft für eine Grundsatzdiskussion. »Ich ... Äh, nichts. – Nichts! Es ist nicht wichtig.«

»Aber du hast geschlafen und bist dann direkt los nach Altenberge? Leider wissen wir nicht, ob du gestern nach Altenberge gefahren bist und erst heute weiter hierher, oder ob du gestern den ganzen Tag zuhause verschlafen hast und erst heute Morgen losgefahren bist?«

Sie überlegte angestrengt. »Beides wäre möglich. Ich kann es nicht erklären.«

»Bist du wenigstens geblitzt worden? Du rast doch sonst wie verrückt. Dann können wir herausfinden, wann sie dich geblitzt haben. Oder hast du irgendwen getroffen?«

»Nein, nicht geblitzt. Aber, warte mal ...« Karen kramte den Inhalt ihrer Handtasche um. Nach einiger Zeit zog sie einen kleinen Zettel hervor und strich ihn glatt. Hansen beugte sich neugierig darüber.

»So, du kaufst also deine Käsebrötchen bei der Westfalen-Tanke. Und zwar gestern, um vier Uhr fünfzehn. So früh? Na, ist auch egal. Auf alle Fälle warst du gestern da, nicht heute. – Und danach?«

»Hansen, ich sagte es doch: Ich weiß es nicht.«

»Vielleicht doch K.O.-Tropfen? Im Brötchen vielleicht?«

»Du spinnst.«

Jemand klopfte kurz an die Tür und trat direkt danach ein.

»Guten Morgen«, sagte Gregor. »Da seid ihr ja. Hast du schon gelesen meinen Bericht?«

»Guten Morgen, Gregor. Nein, ich bin noch nicht dazu gekommen«, erwiderte Karen.

»Aber ich habe gebracht ihn dir schon gestern. Ich dachte, du nimmst ernst deinen Job?«

»Gregor«, wandte Hansen ein, »Karen war gestern nicht im Büro. Sie weiß nicht, was sie stattdessen getan hat, ihr fehlt der ganze Tag. Hast du schon mal was davon gehört, dass man

K.O.-Tropfen oder Ähnliches auf Brötchen serviert bekommt?«

McNamara sah Karen interessiert an. Sie wirkte ziemlich unglücklich in ihrer Rolle als Hauptperson. »Nein, gehört habe ich davon nicht«, sagte er endlich. »Aber es ist möglich trotzdem, glaube ich.«

»Kannst du vielleicht noch irgendwelche Substanzen finden, wenn du ihr Blut untersuchst?«, wollte Hansen wissen.

»Ich bin Pathologe. Ist sie schon tot?«

»Gregor!«, protestierte Karen.

»Natürlich ich kann untersuchen dein Blut.« McNamara wandte sich um und ging zur Tür. »Kommt mit, ich habe unten das Besteck. Und du musst einfach dich stellen tot, wenn ich abnehme dein Blut. Ich kann nur mit Toten arbeiten. Ist aber ganz einfach: Stell dich einfach tot. Wie beim Sex!«

»Manchmal könnte ich dir eine scheuern«, erwiderte Karen.

»Ich weiß, aber im Moment du brauchst mich, nicht wahr?«

»Trotzdem zahlst du erstmal fünf Euro in die Chauvi-Kasse. Außerdem hast du ja keine Ahnung, was bei mir abgeht.«

»Erklärs mir ...«

»Da kannst du lange drauf warten. Aber tot stelle ich mich jedenfalls nicht.«

Die drei gingen hinunter in die Pathologie. Direkt hinter der breiten Eingangstür befand sich auf der linken Seite Gregors Labor. Karen nahm auf einem kleinen Hocker Platz, während McNamara schon nach seinem Besteck suchte.

Hansen indes war froh, dass Karen wenigstens ihre Schlagfertigkeit schon wiedergefunden hatte und auf die Scherze des Pathologen eingehen konnte. Nach einigen stillen Momenten hatte Gregor ihr die Spritze in den Oberarm gestochen und mit Blut vollgesogen. Dann wandte er sich seinem Arbeitstisch zu und verteilte es schnell in vier kleine Pipetten. Drei davon füllte er mit zusätzlichen Chemikalien und stellte sie in einen Apparat, der sofort mit sanften Schaukelbewegungen anfing.

»Wir müssen warten etwas, bis ich das untersuchen kann genauer«, erklärte Gregor. »Und, interessiert es euch vielleicht, was ich gefunden habe heraus? Wegen eurem Toten? Ein kleines bisschen vielleicht?« Er grinste seine beiden Besucher an.

»Erzähl, bevor du platzt«, meinte Karen. »Ich habe jedenfalls keine Lust, hier alles aufzuwischen.«

»Und ich nicht werde platzen. Das ist biologisch auch gar nicht möglich, nicht wahr? Aber ich euch kläre trotzdem gerne auf.« Er schwieg und wartete auf eine Reaktion.

»Also, bitte, was hast du herausgefunden?«, wollte Karen endlich wissen. Sie hoffte, dass sie die Konzentration auf den merkwürdigen Toten von ihren eigenen Problemen ablenken würde.

»Nun«, begann der Schotte, »der Mann ist tot, soviel ist klar. Nur wie lange? Es ist wahrhaftig ungewöhnlich und wir haben erst Zellproben genauer untersuchen lassen müssen, aber er ist schon ziemlich lange tot.«

Pause.

»Wie lange?«, bequemte Karen sich zu fragen. Gregor hatte sich zwischenzeitlich den kleinen Blutampullen zugewandt und betrachtete sie interessiert.

»Ah, ja! Sehr lange, sehr sehr lange. Wir wissen es noch nicht genau, aber der Mord, wenn es denn war ein Mord, liegt zurück mindestens einhundert Jahre.«

Karen blieb einen Moment mit offenem Mund sitzen. »Unmöglich. Der kann doch nicht hundert Jahre lang eingefroren gewesen sein. Das ist unmöglich, das Blut war doch sogar noch flüssig. Und das war keine irgendwie geartete Flüssigkeit, sondern Blut. Soviel kenne ich mich aus.«

»Du hast völlig recht, es ist unmöglich. Aber trotzdem wahr und wir haben keine Erklärung bis jetzt. Der Mann ist tot seit mehr als hundert Jahren und das Blut fließt immer noch langsam aus der Wunde. Wir verkleiden ihn als Mönch und verkaufen ihn an die Kirche als Wunder, was meint ihr?« Er grinste seine Kollegen an.

»Du redest Quatsch. Außerdem macht man damit keine Witze.«

»Wir Briten schon.«

»Wir sind aber nicht in Schottland oder sonst wo in Großbritannien und wir haben einen Toten und ihr könnt den Zeitpunkt des Todes nicht bestimmen.«

»Doch, können wir. Vor mehr als einhundert, wahrscheinlich einhundertzwanzig bis einhundertvierzig Jahren. Und der Mann war nicht eingefroren komplett, sondern nur auf eine sehr niedrige Temperatur heruntergekühlt die ganze Zeit. Wenn er wäre gewesen gefroren, dann die Zellstrukturen wären zerstört. Sind sie aber nicht.«

Hansen und Karen schwiegen. »Er hätte ziemlich verwest sein müssen«, gab der Kriminaltechniker schließlich zu bedenken. »Wenn er tatsächlich so alt ist und nicht bei sehr tiefen Minustemperaturen konserviert war, muss die Verwesung eingesetzt haben. Ihr müsst euch täuschen.«

»Es ist uns auch nicht klar vollkommen, was ist passiert. Aber Tatsache ist, dieser Mann hat aufgehört zu leben vor mehr als einhundert Jahren. Und noch etwas ist sehr ungewöhnlich ...«

»Was?«, fragte Karen sofort nach. Ihr war klar, dass McNamara ansonsten sowieso nicht antworten würde.

»Das Wasser! Ihr erinnert euch, dass nicht nur in der Wunde, sondern auch auf dem Boden wir gefunden haben eine kleine Pfütze?«

»Ja, sie war gestern nicht mehr da«, sagte Karen. Hansen bemerkte diese Worte. Wenn Karen das so selbstverständlich behauptete, musste sie noch einmal am Fundort des Toten gewesen sein.

»Ja, klar. Das Wasser verdunstet. Aber wir haben ja genommen rechtzeitig eine Probe, nicht wahr? Genau wie ich genommen habe eine Probe von dem Wasser aus der Wunde. Und was glaubt ihr, was wir haben entdeckt?«

»Lass mich raten«, meinte Hansen. »Es war kein Wasser, sondern Wodka?«

»Nein, nein, es war Wasser. Natürlich, man hätte sonst gerochen es, nicht wahr? Und das Wasser in der Wunde und das in der Lache auf dem Boden war dasselbe. Reines, klares Quellwasser!«

»Du meinst«, vergewisserte Karen sich einige Sekunden später, »es handelt sich nicht um Leitungswasser, sondern um Flusswasser oder so?«

»Nee, kein Flusswasser. Wasser von irgendeinem stehenden Gewässer. Wir haben sehr deutlich Spuren von zersetzten Pflanzen gefunden, wie bei einem Teich oder so.«

»Du meinst, das Wasser, das du in der Wunde gefunden hast und das auf dem Fußboden stammen aus derselben Quelle und es handelt sich um Wasser aus einem Teich?« Hansen versuchte, den Sachverhalt zu erfassen.

»Ich hätte es selber nicht ausdrücken können besser, nicht wahr?«

»Gregor, woher soll denn das Teichwasser gekommen sein? Der Raum ist etliche Meter unter der Erde.«

»Aber das ist nicht mein Job, zu erklären das, oder?«

»Aber du weißt schon sehr gut, dass das Quatsch ist, was du erzählst, lieber Gregor? Es ist kein Teich in der Nähe.«

»Liebe Karen, es ist dein Job zu erklären das. Und das ist auch nicht das Einzige, was wird sein zu erklären ...«

Hansen und Karen warteten einen Moment, aber Gregor hatte sich in diesem Augenblick den Blutproben zugewandt, die weiterhin auf dem Wiegetischlein standen und sanft geschaukelt wurden. Er zog aus der ersten Probe eine winzige Menge in eine Spritze und verteilte dann die Flüssigkeit auf ein kleines Glasplättchen, das er blitzschnell unter dem Mikroskop fixierte. Ein weiteres Tröpfchen kam auf ein Testblättchen und verschwand dann in einem kleinen grauen Kasten. Sekunden später spuckte der einen schmalen

Papierstreifen aus. McNamara sah kurz darauf, dann in das Mikroskop. Er handelte mit traumwandlerischer Sicherheit.

»Also ich kann nicht entdecken irgendwas. Keine besonderen Gifte in deinem Blut, du wirst haben ein langes Leben. Deine Cholesterinwerte sind soweit okay, schwanger bist du nicht. Dein Eisprung wird in drei...«

»Sag mal, spinnst du? Das kannst du doch nicht wirklich aus dieser kleinen Blutprobe sehen?«

»Nein, aber es könnte wahr sein trotzdem«, grinste der Schotte.

»Aber du konntest jetzt nichts entdecken, was auf eine Vergiftung Karens hindeutet, habe ich das richtig verstanden?«, wollte Hansen wissen.

»Nichts, was hindeutet darauf. Das heißt aber, dass da trotzdem was sein könnte gewesen, aber nicht nachzuweisen. Diese K.O.-Dinger sind nachzuweisen schwer.«

»Aber was ist gestern dann passiert? Ich habe keinerlei Erinnerung an den Tag.« Karen war völlig verunsichert.

Sie verabschiedeten sich von Gregor und gingen wieder hoch. Karen beschloss, doch nicht mehr mit Hansen nach Altenberge zu fahren. Stattdessen wollte sie lieber einige seit Langem liegen gebliebenen Fälle erledigen.

Als sie wieder an ihrem Schreibtisch saß, versuchte sie etwas von der ungeliebten Routinearbeit zu verrichten. Doch sie konnte sich einfach nicht konzentrieren. Nach zwei Stunden vergeblichen Aktenwälzens gab Karen auf und ging nach Hause.

8. Oktober, Karens Wohnung

Noch so eine Sch... Nacht. Schwitzend erwachte sie um Viertel nach drei am Morgen. Gestern Abend hatte Karen es um neun Uhr noch knapp geschafft, die Zähne zu putzen und das Bett zu erreichen, bevor sie endgültig vor dem Fernseher zu versacken drohte. Dann war sie sofort eingeschlafen. Doch bereits nach wenigen Minuten war sie wieder wach, erschrocken und todmüde. Dann wieder ein kurzer, komatöser Schlaf und erneutes Aufwachen. So ging es eine ganze Zeit, dann hatte sie die Nase voll und setzte sich auf. Sie fühlte sich total müde und gerädert. Seufzend saß Karen eine Zeit lang auf der Bettkante, bis sie sich endlich einen Ruck gab und in die Dusche schleppte.

›Egal‹, dachte sie, während das heiße Wasser ihr Lebensgefühl zurückkehren ließ ›sechs Stunden Schlaf oder was immer das war reichen auch.‹ Minuten später saß sie im Bademantel und mit einem zum Turban um die nassen Haare geschlungenen Handtuch in ihrer Küche und schlürfte brennend heißen Kaffee. Langsam wurde sie wach, die Erinnerungen an den gestrigen Tag drängten sich in ihr Bewusstsein. Das Bild des Eiskellers stieg vor ihrem geistigen Auge auf, der tote Mann lag auf den rußgeschwärzten Dielen. Aus der Wunde am Hals sickerte träge zähflüssiges Blut, das schwarze Loch in seiner Brust bekundete, dass seine letzten Sekunden alles andere als harmonisch gewesen sein mussten. Irgendjemand hatte offensichtlich ein massives Interesse daran gehabt, ihn vom Leben zum Tod zu befördern. Die Vision wurde abgelöst von dem Bild des toten Mannes, den sie mit verbogenen Gliedmaßen unter dem Pferdefuhrwerk hatte liegen sehen.

Karen kniff die Augen zusammen und schüttelte sich, um die Bilder zu vertreiben. Dann ging sie mit ihrem Kaffee zurück ins Bad, um sich die Haare zu föhnen. Danach zog sie sich an. ›Ich muss Gregors Bericht endlich durchgehen. Er schlägt sich die Nacht dafür um die Ohren und ich habe noch nicht mal einen Blick darauf geworfen.‹ Sie nahm ihre Jacke vom Haken und verließ das Haus. Der Wagen war vollkommen durchgekühlt, die Nachttemperatur lag nur wenige Grad über Null. ›Fast wie in diesem bescheuerten Keller.‹ Sie hoffte, dass wenigstens die Heizung schnell reagierte. Nachdem sie einige Minuten unterwegs war, bemerkte sie tatsächlich den warmen Luftstrom, der sich aus den Plastikschlitzen am Armaturenbrett wälzte. Ihre Stimmung hob sich langsam und verfinsterte sich jäh wieder, als sie die Tankstelle am rechten Fahrbandrand vorbeigleiten sah. Hier hatte sie vor ein paar Tagen ihr Frühstück gekauft.

Unbewusst hatte Karen den Weg nach Altenberge eingeschlagen, statt direkt zum Präsidium zu fahren. ›Na gut‹, sagte sie sich, ›heute aber ohne Käsebrötchen!‹ Die gestrige, ergebnislose Untersuchung ihres Blutes hatte sie nicht beruhigt, vielleicht sogar das Gegenteil bewirkt. Karen war ein rational denkender Mensch und verlangte nach einer logischen Erklärung für den fehlenden Tag. Der Gedanke, möglicherweise Opfer eines Angriffs mit K.O.-Tropfen geworden zu sein, war erschreckend und unerträglich. Aber er hätte einiges geklärt. Für den Blackout überhaupt keine Erklärung zu finden, war für Karen einfach inakzeptabel und beängstigend. Sie beschloss, sich abzulenken, in die Arbeit zu stürzen und da weiterzumachen, wo sie gestern aufgehört hatte.

Zehn Minuten später befand sie sich in den Untergeschossen des Eiskellers. Vorher hatte sie ihre komplette Ausrüstung kontrolliert. Die Taschenlampe und das Handy hatten genügend Saft, um die nächsten Stunden durchzustehen, und entgegen ihrer Gewohnheit hatte sie sogar ihre Dienstwaffe gecheckt. Als sie das neu entdeckte Gewölbe erreicht hatte, stand sie eine Zeit lang still und lauschte ihrem Atem und eventuellen anderen Geräuschen. Sie war sich sicher, dass niemand in dem Gebäude war, und trotzdem vernahm sie verschiedene Laute. Die seit zig Jahren auf dem Boden liegenden Hölzer schienen noch immer zu arbeiten, ab und zu hörte sie ein verhaltenes Knacken. Langsam ging sie die Bohlen ab.

›Etwas muss übersehen worden sein. Es muss einen Schlüssel zu allem geben.‹ Karen hatte keine Ahnung, wonach sie suchte. Sie ließ den Lichtkegel der Taschenlampe über den Boden gleiten und ging einige Schritte ohne bestimmtes Ziel. Ein Kratzen verlangte nach ihrer Aufmerksamkeit. Sie verlagerte ihr Gewicht nach hinten und dann wieder vorsichtig nach vorne. Da war es wieder. Ein ganz leises Schaben, als ob zwei Gegenstände aneinander rieben. Sie ging in die Hocke und leuchte die Ritzen zwischen den dunklen Holzbrettern aus. Ein schwaches Glitzern belohnte ihre Mühe. Mithilfe ihres Kugelschreibers pulte die Kommissarin mühevoll nach dem Gegenstand, der das Geräusch verursacht hatte, doch das Holz hielt ihn fest. Sie legte sich flach auf den Boden und versuchte, ihre Finger zwischen die Bohlen zu bekommen und das zentimeterdicke Holzbrett etwas hochzuziehen. Sie zog ihre Pistole und schob den Lauf zwischen die dicken Eichenbretter. Mit diesem kleinen Hebel gelang es ihr endlich, den Zwischenraum zu vergrößern und den Kuli in eine Erfolg versprechende Position zu manövrieren. Millimeter für Millimeter löste sie den glitzernden Gegenstand und schob ihn so weit zu sich heran, dass sie ihn mit spitzen Fingern greifen konnte. Voller Erstaunen hielt sie ein kleines Kreuz in der Hand. Golden, mit winzigen Steinen besetzt.

›Wo kommt das denn her?‹, fragte sie sich, wie schon zwei Nächte zuvor, als das Licht in dem oberen Keller zu flackern anfing. Wenige Sekunden später war es erloschen, ebenso ihre Taschenlampe. Verärgert zog Karen ihr Handy aus der Tasche. Das schwache Scheinen des Displays wäre immer noch besser als gar kein Licht, aber auch diese Hilfe blieb ihr versagt. Sie fluchte verhalten und hörte, ob sich wieder Leute näherten. Doch es war kein ungewöhnliches Geräusch zu hören, irgendwo tropfte lediglich etwas Wasser. Im Dunkeln tastete Karen sich zu der Leiter vor und stieg langsam empor. Angestrengt lauschte sie in die Finsternis, doch da war nichts Beunruhigendes.

Im oberen Eiskeller wandte sie sich nach links, entgegen der Richtung, aus der sie gekommen war. Der Raum wirkte so anders, es roch komisch. Sie hatte den Grundriss der Räume im Kopf. Sie wusste, dass sich vor ihr eine richtige, aus Holz gebaute Treppe befand. Doch ihre Hände ertasteten nur eine weitere Holzleiter, genau wie die, die aus dem unteren Keller heraufführte.

›Was ist hier los?‹ Alle bisherigen Ereignisse konnte sie noch halbwegs rational erklären, doch eine Treppe verschwand nicht einfach von einem Augenblick zum anderen. Vorsichtig, sich Stufe für Stufe vorantastend, erklomm sie die Stiege. Der merkwürdige Geruch wurde stärker, und nach einigen Momenten bemerkte sie, dass die Leiter auf ein hölzernes Podest führte. Außerdem konnte sie jetzt einen leichten Lichtschein erkennen, der sich hinter einem weiteren Durchgang seinen Weg durch das Dunkel bahnte. Karen zog sich leise auf das Podest und stellte sich mit dem Rücken zur Wand, dann vergewisserte sie sich, dass sie ihre Pistole griffbereit hatte. Vorsichtig näherte sie sich dem Durchbruch und lugte in den nächsten Raum, aus dem das schwache Licht kam. In dem diffusen Halbdunkel bemerkte sie mehrere große Behälter. Es stank nach Vergorenem. Der Keller schien ansonsten leer zu sein. Karen hätte schwören können, dass sie vor einigen Tagen genau diesen Raum mit dem Ausstellungsleiter durchquert hatte und sich keine Gärbehälter darin befunden hatten. Aber vielleicht hatte sie die auch einfach übersehen, da sie sich schon auf ihre Untersuchung im unteren Gewölbe konzentriert hatte? Auf alle Fälle hatte es hier nicht so gestunken, daran hätte sie sich auf alle Fälle erinnert. Am Ende des Raumes wurde es etwas heller, Licht fiel durch einen senkrecht verlaufenden Schacht.

Karen stieg eine Wendeltreppe in der Ecke des Kellers empor. Kalte Luft strömte ihr entgegen. Durch eine niedrige Holztür trat sie ins Freie. Es war bitterkalt, etwas Schnee lag auf dem Platz. Jetzt war sie sich sicher, dass alles ein Traum war. Schnee im Oktober? Es gab alle möglichen

Wetterkapriolen, doch Schnee im Oktober? Das gab es nicht einmal im Münsterland.

›Merkt man denn eigentlich in einem Traum, dass es nur ein Traum ist?‹, fragte sich die Kommissarin und zog ihre Jacke fester um sich. Die Sonne war vor einigen Minuten untergegangen, diffuses Licht tauchte die Umgegend in verschiedenste Grautöne. Schnee lag auf dem kahlen Geäst der Bäume und auf den Dächern, auf den Wegen war er durch schmale Reifen- und Trampelspuren zu Matsch in einer unbestimmbaren Farbe verarbeitet worden. Ab und zu löste sich eine Flocke von einem Baum und wurde durch den sanften Wind davongetragen. Karen fror. Was machte sie hier? Und wieso war sie in einem Traum? Sie war sich sicher, den Keller ganz bewusst und in wachem Zustand betreten zu haben.

Nirgends war jemand zu entdecken, das ganze Gelände schien verlassen zu sein. In einiger Entfernung, etwas unterhalb des Hügels, leuchtete in einem kleinen Haus ein Fenster warm und einladend. Vorsichtig näherte Karen sich dem Gebäude, die Kälte des Bodens und des Schnees drang durch ihre Trekkingschuhe. Es waren einfache Schuhe ostasiatischer Herkunft, gemacht dafür, ausgedehnte Touren durch mehr oder weniger unwegsames Gelände zum machen. Jetzt, hier bei Schnee und Frost, waren sie vollkommen überfordert. Karen rutschte auf festgetretenem Eis aus und ruderte mit beiden Armen, um nicht der Länge nach in den Schnee zu fallen. Als sie danach den matschigen Weg überqueren musste, wäre sie fast in einen großen Haufen Pferdeäpfel getreten, der zwischen den Spuren lag. Entsetzt sah sie zu ihren Schuhen herunter. Doch die waren sauber geblieben. Ungläubig weiteten sich ihre Augen, als sie den Weg zurückverfolgten, den sie gekommen war. Sie konnte keinerlei Fußabdrücke von sich entdecken! Ganz bewusst und vorsichtig setzte sie ihren Fuß auf den Matsch des Weges und drückte ihn herunter. Der wieder gefrorene Schneematsch knirschte unter ihrer Sohle und quoll an den Seiten hervor, die Kälte durchdrang das Kunststoffgewebe des Schuhs. Es fühlte sich alles echt an. Doch als sie den Fuß wieder hob war kein Abdruck zu sehen. Ihr schauderte, jedoch nicht von der Kälte.

»Okay«, sagte sie laut, um sich Mut zu machen. »Entweder bin ich ein Geist und gehöre nicht hierher oder das ist tatsächlich ein Traum oder eine Halluzination. Aber es ist eigentlich auch egal, was zutrifft, auf alle Fälle kann mir nichts passieren. Geistern passiert nämlich nichts!«

Mit festem Schritt stampfte Karen jetzt auf das Haus zu, doch zuvor ging der Griff ihrer rechten Hand nochmals zu der Heckler und Koch. Sogar der kalte Stahl der Pistole gab ihr in dieser Situation ein wärmendes Gefühl. Je näher sie dem kleinen Gebäude kam, umso langsamer ging sie. Wenige Meter vor dem Fenster vernahm sie Stimmen, eine kräftige männliche und eine viel zaghaftere weibliche. Durch das so einladend aussehende Fenster kamen zwei Personen in ihr Blickfeld: Der Braumeister, der ihr durch seine barsche Reaktion bei dem Unfall vor zwei Tagen so unangenehm in Erinnerung geblieben war und eigentlich tot in einem Kühlfach in der Pathologie lag. Die weibliche Stimme gehörte einer Frau von etwa dreißig Jahren. Sie trug Trauerkleidung aus dem vergangenen Jahrhundert und einen Schleier vor dem Gesicht.

»Wao sitt de Jung all wier, Carolina?[3]«, fragte der Mann laut und bestimmt. Erst einige Momente später realisierte Karen, dass er Plattdeutsch gesprochen hatte.

»Ich weiß es doch nicht, Ludger. Er kommt und geht, wie es ihm passt. Vielleicht ist er beim Pfarrer, der bringt ihm das Lateinische bei?«

»Lateinisch, was? Du glaubst wohl, dass der Junge was Besseres werden soll, was? Lateinisch! Willst nen Pfarrer oder Doktor oder Apotheker aus ihm machen, was? Der braucht kein Arbeiter zu werden, dein Junge, was? Der wird was Besseres!«

»Ludger, du weißt, er ist nicht der Kräftigste. Und er ist klug und neugierig. Warum soll er nicht lernen, seinen Kopf zu gebrauchen?«

»Unsinn, Latein! Aber deshalb bin ich nicht gekommen, Carolina. Ihr müsst hier raus! Das Haus gehört Wesselings. Sie haben diese Häuser für die Arbeiter der Brauerei bauen lassen. Ihr habt aber keinen Arbeiter mehr, soweit ich weiß.«

Die Frau starrte den Mann entsetzt an, Tränen schossen ihr in die Augen. Karen erkannte sogar durch den Schleier hindurch, dass das in den letzten Tagen sehr oft der Fall gewesen sein musste.

[3]Wo ist der Junge, Carolina?

Die Trauernde schaffte es gerade noch auf einen einfachen Stuhl, der vor dem Tisch gestanden hatte. Sie war einem Zusammenbruch offensichtlich sehr nahe.

»Warum verhöhnst du mich, Ludger? Du weißt es doch am besten, dass Henrich sein Leben für die Wesselings gegeben hat. Wie kannst du es wagen, uns aus dem Haus zu werfen? Wo sollen wir denn hin?« Sie schluchzte laut auf.

»Ich habe es dir schon gesagt: Komm zu mir. Mein Haus ist warm, und ich bin wer! Du wirst es gut bei mir haben, Carolina.«

»Henrich ist gerade einmal drei Wochen tot. Wie kannst du da schon um mich freien, Ludger? Kannst du nicht abwarten? Und was würde aus Bernard?«

»Das Balg kannst du mitbringen, auch wenn er nichts taugt. Er kann im Stall schlafen, bis er alt genug ist seiner Wege zu ziehen.«

»Manchmal denke ich, du bist froh, dass Henrich tot ist.« Sie schüttelte den Kopf. »Aber das ist natürlich Unsinn. Doch ich brauche Zeit, bis ich mir einen neuen Mann erwähle. Außerdem: Bernard und du, das würde wohl nichts werden. Und ich liebe dich nicht.«

»Carolina«, brauste der Mann auf. »Liebe, pah! Wie wichtig ist denn die Liebe? Tu dich mit mir zusammen. Du kannst stolz darauf sein, dass ich dich erwähle. Ich bin kein Taugenichts wie dein toter Mann, bin kein einfacher Arbeiter. Ich bin der Braumeister! Ick bün de Bruemester! Ick bün mäer äs de Schult, un auck mäer äs de Pastoor![4]«

[4]Ich bin mehr als der Schulte, mehr als der Pfarrer!

»Versündige dich nicht, Ludger«, entgegnete die Frau leise und traurig, nachdem sie sich wieder gefasst hatte, »sage so etwas nicht über meinen Mann. Stelle dich nicht über die, die über dir sind. Versündige dich nicht.«

Gewaltsam zog der kräftige Mann die Frau vom Stuhl hoch. Sie zitterte vor Angst. Drohend blitzten seine Augen auf. »Du willst mir etwa sagen, was ich ...«

Die Haustür wurde aufgestoßen und ein schmächtiger Junge von etwa dreizehn Jahren stürmte in das Haus. »Mutter ...« Wie gelähmt blieb das Kind stehen und starrte auf den Braumeister. »Was will ...«, die Frage blieb ihm im Hals stecken. Doch der Mann ließ die Frau los.

Carolina fasste sich schnell wieder: »Sage artig ›Guten Tag‹ zu Ludger, Bernard.« Der Junge schluckte ein paar Mal, dann würgte er ein »Guten Tag, Ludger« hervor.

»Dagg, Bänd« sagte der Mann grob. »Dao is he ja endlicks, usse wiese Häer. Päckt 't vüör luuter Denken un Liärn nich, nao Huus te kuemen, of wu? Häff de Häer siene Tied bie 'n Pastoor vöbracht, üm dat Latienske te liärn, orre wu? Nu, wenn he mennt, dat 'm dat Iis up Latiensk aarnten sall...[5]«

Er wandte sich wieder an Carolina. »Ich bin für die Brauerei verantwortlich, ich brauche das Haus für die

---

[5]Tag, Bernard! Da ist er ja endlich, unser gelehrter Herr. Schafft es vor lauter Denken und Lernen nicht, nach Hause zu kommen, oder wie? Hat der Herr seine Zeit beim Pfaffen verbracht, um das Lateinische zu erlernen, oder wie? Nun, wenn er meint, dass das Eis auf Lateinisch geerntet werden soll ...

Arbeiter. Ihr müsst raus, zum Ende des Monats.« Carolina fing an zu schluchzen, Bernard lief zu seiner Mutter und umarmte sie. Hasserfüllt sah er zu dem Braumeister auf.

»Es sei denn«, fing Ludger wieder an, »es sei denn, ihr stellt einen Arbeiter.« Er zeigte mit dem Finger auf den schmächtigen Jungen. »Morgen früh um fünf am Pferdestall. Und dann gehts mit der ersten Sonne raus ins Borndal zum Eis.« Damit riss er die Tür auf und stapfte hinaus. Der zwischenzeitlich aufgefrischte Wind riss dem Braumeister den runden Hut vom Kopf, sodass er ihm einige Schritte hinterher laufen musste. Wütend drückte er seinen Hut wieder fest auf die Haare und verschwand in der aufziehenden Dunkelheit.

Carolina schloss die Tür leise. Dann nahm sie das Gesicht des Jungen fest in beide Hände und sah ihn mit angsterfüllten Augen an. Tränenüberströmt schüttelte sie dabei den Kopf. Doch Bernard sah sie trotzig an. »Ludger schmeißt uns hier nicht raus, Mutter!«

Karen vernahm eine Stimme in ihrem Kopf. ›Danke, dass Sie gekommen sind!‹

Ein eiskalter Schauer kroch ihren Nacken herauf.

9. Oktober, Präsidium

Es kam ihr fast vertraut vor. Die Haltung war unangenehm, der Nacken schmerzte. Durch den schmalen Spalt, den ihre Lider freigaben, sah sie vor sich das Lenkrad und Armaturenbrett ihres Autos. Schon wieder erwachte sie in ihrem VW. Sie rieb sich die Augen und startete den Motor. Auf dem Weg nach Münster sah sie die gelbe Leuchtwerbung gegenüber der Eishalle. Sie wendete und kaufte in der Tankstelle ein Käsebrötchen, wie letzte Woche. ›Das gebe ich Gregor zur Untersuchung!‹

Im Büro war sie erneut die Erste. ›Das wird zur schlechten Gewohnheit‹, dachte sie und setzte Kaffee auf. Seufzend fuhr sie ihren Rechner hoch und machte sich daran, die eingegangenen E-Mails zu bearbeiten. Dass ein Großteil des Posteingangs von gestern war, wunderte sie nur kurz. Ein Blick in den Kalender. Ihr fehlte tatsächlich wieder ein ganzer Tag. Teilnahms- und lustlos saß sie vor ihrem Schreibtisch und hielt den Becher mit dem heißen Kaffee in der Hand, als Hansen reinkam.

»Kaffee fertig, Schatz?« Karen drehte sich wortlos und müde um und zog die Augenbraue hoch. Hansen goss sich schnell einen Becher des dampfenden Wachmachers ein und verzog sich in sein eigenes Büro. »Ich komme gleich wieder«, drohte er an. Etwa eine Viertelstunde später kam er zurück. Der erste Weg war erneut der zur Kaffeemaschine, dann ging er zu Karen herüber.

»Hast du mich gestern vermisst, Schatz?«

»Nein, hätte ich sollen, Bärchen?« Ihr ging dieses Theater mit den Kosenamen langsam auf den Keks.

»Na, wäre schon ganz nett gewesen, Hasi«, entgegnete Hansen. »Gregor und ich waren immerhin den ganzen lieben langen Tag dabei, die Schweinerei in Senden aufzunehmen.« Karens Blick fiel auf ihren Monitor mit den Polizeinachrichten. Der einen Überschrift entnahm sie, dass es in der Nachbarstadt mehrere Tote gegeben hatte.

»Vier Tatorte, sechs Leichen. Wir hatten gut zu tun gestern«, erklärte Hansen gerade. »Aber dafür sind wir da jetzt raus aus der Nummer, das Bundeskriminalamt hat die Ermittlungen übernommen. War reine Nachbarschaftshilfe.«

Karen wunderte sich auch nach elf Jahren bei der Kriminalpolizei immer noch, wie emotionslos einige ihrer Kollegen von den schrecklichsten Taten berichten konnten. Sie wusste, dass dahinter ein Schutzmechanismus stand. Nur nichts zu dicht an einen herankommen lassen. ›Wenigstens fragen sie mich dann nicht, wo ich gestern gewesen bin‹, dachte sie.

»Aber da wir beiden dich ja nicht ablenken konnten, hattest du ja wohl genug Zeit, dich mit unseren mühsam erarbeiteten Berichten zu beschäftigen, oder Schätzchen?«

»Bärchen«, erklärte Karen zuckersüß, »Schätzchen ist so was von überholt als Kosename, da könntest du auch Puppe oder so was sagen. Damit beeindruckst du definitiv keine Frau, da musst du noch dran arbeiten.«

»Liebste?«, fragte er.

»Liebste geht immer«, stimmte sie zu. »Nein, ich habe gestern überhaupt nichts gelesen, ich bin einfach im Bett geblieben.«

»Dafür siehst du aber ganz schön müde aus.«

Die Tür ging auf und Gregor kam herein. Wie immer sah er aus wie das blühende Leben und strahlte über beide Backen. Karen wurde neidisch.

»Guten Morgen, ihr beiden. Und? Hast du gelesen von deinem Freund mit dem Backenbart?«, wandte er sich neugierig an Karen.

»Was soll ich gelesen haben?«

»Nun, er ist zu alt für dich, nicht wahr? Fast zweihundert! Ungefähr fünfzig Jahre weilte er hier unter uns Lebenden und mehr als einhundertvierzig Jahre schon er ist tot. Macht fast zweihundert.«

»Gregor, was willst du mir sagen?«, fragte Karen müde.

»Nun, wir haben untersucht gründlich ihn, nicht wahr? Alles an ihm ist alt. Die KTU hat diverse Proben gezogen und geprüft. Alles ist über einhundertvierzig Jahre alt. Zellen, Klamotten, Mageninhalt. Er hat zuletzt Kartoffeln und Sauerkraut gegessen. War alles vorhanden. Alles hundertvierzig Jahre, nicht eingefroren und nicht verwest. Auch die Klamotten, die er anhatte. Alles original und uralt. Das ist spannend, nicht wahr?« Zufrieden grinsend setzte sich der Pathologe rittlings auf einen Stuhl und sah Karen an.

»Klamotten sind doch gar nicht dein Gebiet?«

»Ich habs für dich getan«, erwiderte der Schotte.

»Wir haben die Kleidung tatsächlich an die KTU gegeben«, ergänzte Hansen. »Es ist, wie Gregor es sagt: Die

Untersuchungen haben ergeben, dass alles, was er am Leib hatte, mindestens hundertvierzig Jahre alt ist. Es sind also keine Sachen aus irgendeiner Requisite oder so, die sind original. Außerdem hat man keine ungewöhnlichen Spuren daran gefunden. Seine Haare, einige Pferdehaare, einige Frauenhaare, alt. Einige Frauenhaare, neu.« Karen sah neugierig auf.

»Es sind deine Haare, sie müssen dir ausgefallen sein, als du dich über die Leiche gebeugt hast. Kontaminierung des Tatorts. Also nichts, was wir verwenden können. Und sonst auch nichts, auch die Jungs von der KTU haben bisher keine Erklärung. Es sieht tatsächlich so aus, als sei der Mann vor etwa hundertvierzig Jahren gestorben und als ob sich seitdem überhaupt nichts verändert hat.«

»Aber wir alle wissen hier, dass das nicht angehen kann«, sagte Karen. »Außerdem gab es ja auch noch diese Wasserspuren, habt ihr da was?«

»Wir haben auch das in der Forensik genau analysieren lassen. Wasser aus einem stehenden Gewässer, nicht gereinigt. Alt!«

»Ihr wisst, wie alt das Wasser ist?« Karen beugte sich zu Hansen herüber.

»Nee, nicht das Wasser. Das ist ja irgendwie immer alt. Aber da drin waren ja Partikel von Pflanzen, und die konnte man bestimmen, nicht wahr? Außerdem war Hopfen darin.«

»Hopfen?«

»Ja, genau. Hopfen! Bis vor etwa achtzig Jahren hat man angebaut Hopfen hier, im Münsterland. Es ist nicht so ungewöhnlich, wenn damals was im Wasser schwamm.«

Einen Moment schwiegen sich die drei an. »Haben wir eine Idee, wer der Mann gewesen sein könnte?«, fragte Karen endlich.

»Dein Job, Hasi«, sagte Hansen.

Hasi nickte versonnen.

»Ja, aber ich weiß gar nicht, ob ich das noch wissen will. Wenn der Mann tatsächlich so lange tot ist, kann auch ein Mörder nicht mehr am Leben sein. Wenn es denn überhaupt Mord war. Auch dafür haben wir keine gesicherten Anhaltspunkte. Es kann auch Totschlag oder ein fürchterlicher Unfall gewesen sein. Tatsache ist, dass wir keinen Schuldigen mehr finden werden. Ich glaube ehrlich gesagt nicht, dass wir das von Amts wegen weiter verfolgen müssen«, meinte sie nach einer kurzen Bedenkpause.

»Das sagte Staatsanwalt Petersen gestern auch. Er neigt dazu, den Fall zu schließen«, bestätigte Hansen.

»Und was machen wir dann mit der Leiche?« Karen sah Gregor an.

»Oh, die kann ich gut verkaufen, nicht wahr? Es haben sich angemeldet die medizinische Fakultät hier in Münster und die archäologische Abteilung. Ich frage mal, wer bietet am meisten, nicht wahr?«

»Hast du wirklich keine Idee, warum der Mann nach all den Jahren so gut erhalten ist?«, fragte sie noch einmal nach.

»Nee, überhaupt keine Ahnung«, bestätigte der Schotte. »Ist ein Mirakel, nicht wahr? Aber wer weiß, vielleicht es gibt eine Erklärung für das. Vielleicht auch nicht, kann sein? Bei uns in Schottland wir haben Sagen von Menschen, die können nicht sterben vor ihrer Zeit. Wer weiß, vielleicht war seine Zeit einfach noch nicht gekommen um zu sterben.«

Karen dachte einen Moment lang nach, ob Gregor ihr tatsächlich etwas hatte sagen wollen, dann gab sie es auf. »Gut«, sagte sie, »ich mache einen Abschlussbericht und dann gehe ich zum Chef und lasse den Fall schließen. Und sobald der Staatsanwalt sein Okay gibt, kannst du die Leiche meinetwegen weggeben oder auch verhökern. Und wenn ich sowieso schon beim Chef bin, kann ich auch gleich Urlaub beantragen.«

»Gute Idee«, bestätigte Hansen.

Der Rest des Tages ging erstaunlich schnell herum. Karen fasste die Erkenntnisse dieses Falls zusammen und fertigte einen abschließenden Bericht an. Ihr Chef stimmte nach kurzer Überlegung zu, den Fall zu schließen und übergab die Akte mit seiner Empfehlung an die Staatsanwaltschaft. Als Karen auf ihren Urlaub zu sprechen kommen wollte, kam er ihr zuvor. Zwei Wochen ab sofort wurden ihr genehmigt, fast aufgedrängt.

Zurück in ihrem Büro wunderte sich die Polizistin zwar, wie schnell letztendlich dieser ominöse Fall beendet werden konnte, das Ermittlungsergebnis allerdings ärgerte sie. Sie hatte das Rätsel nicht lösen können. Wer hatte diesen Mann getötet und warum? Die lange Zeit, die bis zum Fund der Leiche vergangen war, machte eine Aufklärung unmöglich. Vielleicht würde irgendwann ein Zufall das Dunkel dieses Falls erhellen, doch darauf zu hoffen erschien Karen absolut unprofessionell. Es war unbefriedigend. Dennoch versuchte sie, den Fall mit einem Achselzucken aus ihren Gedanken zu verdrängen und erledigte noch weitere kleinere Angelegenheiten, die sie schon viel zu lange hatte liegen lassen. Am Ende des Tages gab es keine offenen Baustellen mehr an ihrem Arbeitsplatz. Zufrieden räumte sie auf und wollte gerade gehen, als Hansen und Gregor wieder auftauchten.

»Urlaub?«, fragte Hansen wissend.

Karen nickte. »Klar!«

»Wir gehen ins Limericks«, sagte Gregor. »Das muss doch gefeiert werden.«

Der Spaziergang vom Präsidium bis zum kleinen irischen Pub in der Jüdefelder Straße war erfrischend. Wenige Minuten, nachdem sie ihre Büros verlassen hatten, saßen sie an einem rustikalen Tisch, drei große Gläser dunklen Bieres vor sich. Karen erinnerte sich später nur, dass sie riesige Mengen gegrilltes Fleisch verzehrt und mindestens drei Pint Guinness getrunken hatte. Und wo sie aufgewacht war.

10. Oktober

Ihre Blase drückte, der Körper verlangte sein Recht. Karens Kopf brummte, widerwillig schlug sie die Augen auf. Im Dunkeln tastete sie mit der linken Hand nach ihrer Nachttischlampe, doch da war ein weicher Berg unter einer Bettdecke. Erschrocken hielt sie inne und lauschte. Atemgeräusche, verbunden mit einem leichten Schnarchen, drangen an ihr Ohr. Vorsichtig versuchte sie mit der rechten Hand, das Gelände zu erkunden. Wie erwartet fühlte sie eine Bettkante, allerdings aus Holz. Ihr Wasserbett hatte eine Stoffkante, und jetzt, wo sie darüber nachdachte, bemerkte sie auch, dass sie sich keinesfalls in einem Wasserbett befand. ›Nicht mein Bett!‹ Der Gedanke drang noch etwas mühsam in ihr Hirn, entzündete aber nach und nach alle Alarmlampen. Leicht benommen setzte sie sich vorsichtig auf und versuchte sich zu erinnern, aber offenbar hatte sie irgendwann in der Kneipe einen Filmriss bekommen.

Der schwache Schein einer Straßenlaterne bahnte sich seinen Weg durch die Vorhänge. Karen wagte einen vorsichtigen Seitenblick auf die Person, die neben ihr lag. Sie sah auf eine beginnende Hinterkopfglatze unter halblangem Haar, dahinter erahnte sie einen Teil des Gesichts mit einem zentimeterlangen Bart.

›Das darf nicht wahr sein, Hansen!‹ Sie war entsetzt, hatte sie sich doch vorgenommen, unter keinen Umständen etwas mit einem Kollegen anzufangen. Andererseits wusste sie jetzt, wo sie war und dass sie nichts zu befürchten hatte. Ihm musste das genauso peinlich sein wie ihr, hoffte sie jedenfalls. Karen stand mit einem Ruck auf, ihr Kopf protestierte. Mittlerweile hatten ihre Augen sich an das diffuse Halbdunkel soweit angepasst, dass sie ohne Gefahr um das Bett herumgehen konnte. Sie hatte Hansen schon einige Male vorher in seiner Wohnung besucht, sodass sie keine Probleme hatte, das Badezimmer zu finden. Nachdem sie sich erleichtert hatte, wusch sie sich notdürftig und machte sich auf die Suche nach ihren Sachen. Sie fand sie endlich auf einem Esszimmerstuhl. Pullover und Hose zusammengelegt, ihre Strümpfe lagen obenauf, die Bluse hing über der Lehne. Schneller, hemmungsloser Sex sah anders aus. Sie erinnerte sich ungern an manchen Morgen, an dem sie ihre Klamotten in der ganzen Wohnung hatte suchen müssen. Nicht immer hatte sie alles gefunden. Karen hoffte in diesen Fällen, dass die jeweiligen Partner die restlichen Stücke entweder als Souvenir schätzten oder deswegen mit der nächsten Partnerin ziemlichen Ärger bekommen hatten. Hier war es anders. Hansen war offensichtlich sehr ordentlich, wenn nicht gar ein Pedant. Da auch ihre Schuhe direkt vor dem Stuhl standen, wusste sie sofort, dass die Jacke draußen an der Garderobe hängen würde. Ein anderer Ort kam nicht mehr infrage.

Karen zog sich leise an und ließ ihren Kollegen schlafen. Als sie ihre Jacke vom Haken nahm, fiel ihr Blick auf eine Kerze und eine Schachtel Streichhölzer. ›Falls mal der Strom ausfällt. Ich habe immer eine Alternative bereit‹, hatte Hansen ihr vor Monaten einmal erklärt. Sie ließ beides in ihre Tasche gleiten.

Ihr Auto stand am Präsidium, wo sie es gestern abgestellt hatte. Als sie es gefunden und gestartet hatte, war es viertel nach vier. ›Was habe ich gestern Abend getrunken? Darf ich überhaupt schon fahren?‹, fragte sie sich. ›Es gibt keine Kontrollen mehr um diese Zeit. Ich muss dringend ausschlafen.‹ Etwas störte sie. Sie spürte einen Druck auf ihr Gesäß, etwas war in ihrer Jackentasche, was dort nicht hingehörte. Sie ruckelte auf dem Sitz hin und her und zog an der Jacke, bis sie die Tasche freihatte. Sie griff hinein und zog ein kleines, goldenes, mit Edelsteinen besetztes Kreuz hervor. Sie starrte es an wie einen Geist. Es war ihr, als ob das Kreuz etwas zu ihr sagen wollte.

Karen lenkte das Fahrzeug auf den Ring und dann auf die B 54. ›Ich muss nach Hause‹, sagte sie sich und fuhr dennoch stur weiter bis nach Altenberge. Als sie auf dem kleinen Parkplatz zum Stehen kam, sah sie das Kreuz auf dem Beifahrersitz vorwurfsvoll an. Es schien fast, als ob sie sich in ihr Schicksal ergab, als sie das Fahrzeug verließ und den Schlüssel für den Eiskeller herauszog. Warum hatte sie ihn nicht abgegeben? Sie hatte selber keine Antwort darauf. Das Siegel der Kriminalpolizei an der Eingangstür erinnerte sie daran, dass sie hier eigentlich noch einen Fall aufzuklären hatten. ›Ich bin die leitende Kommissarin.‹ Sie hatte jede Berechtigung, die Räume zu betreten. Im gleichen Moment fiel ihr ein, dass das nicht mehr zutraf. Sie selbst hatte den Fall gestern geschlossen. Sie war nicht mehr zuständig und hatte kein Recht hier zu sein. Morgen früh würden wahrscheinlich die Leute vom Heimatverein kommen und die Siegel entfernen. Jedenfalls, wenn jemand daran gedacht hatte, sie zu informieren. Es war nicht mehr ihr Fall und sie sollte nicht hier sein. Dennoch fand der Schlüssel schnell das Schloss in der gläsernen Eingangstür und sie sich wenige Minuten später in dem unteren Gewölbe wieder. Karen tat nichts, sie wartete nur. Dabei sah sie andauernd auf die Uhr.

Als der Sekundenzeiger genau nach oben und damit die Uhr exakt auf die Fünf zeigte, begann das Licht zu flackern. Karen hatte es erwartet und war nicht im Geringsten erstaunt. Sie holte Hansens Kerze hervor und entzündete ein Streichholz. Im flackernden Licht der Kerze stieg sie die Leiter hinauf und begab sich in den Raum mit den riesigen Gärbottichen. Kurz darauf befand sie sich auf dem Betriebsgelände der Brauerei und löschte die Kerze. Es war heller Tag und klirrend kalt. Ein eisiger Wind strich über den Hügel und trieb den dünnen Schnee vor sich her.

Karen konnte sich nicht erklären, warum sie hier und wo sie tatsächlich war. Natürlich, sie befand sich in Altenberge. Hinter ihr war der Eingang zum Eiskeller, vor sich musste sie normalerweise den kleinen Parkplatz sehen, auf dem ihr alter Golf stand. Doch stattdessen sah sie einen Schober mit Stroh, wahrscheinlich gedacht für irgendwelche Ställe. Dies war nicht ihre Zeit, nicht ihre Welt. Und doch war sie hier und fühlte den Winter, in den es sie offensichtlich verschlagen hatte. Sie schüttelte den Kopf über diese Wahrnehmung, sie wusste es nicht anders zu nennen. Gesprächsfetzen wurden durch den Wind auf den Hügel getragen. Rufen, Arbeitslärm. Sie wandte sich in die Richtung, aus der die Geräusche kamen.

Von der Anhöhe sah sie ungläubig hinunter in das Borndal. Das Tal der Quellen, wie ihr der Mann vom Heimatverein erklärt hatte. Die weite Fläche, die sie als grüne Weidefläche in Erinnerung hatte, war von einer schneeweißen Eisfläche bedeckt. Die dünnen Schneeflocken sorgten für ein unwirkliches Licht und tauchten auch den Waldrand, der die offene Fläche begrenzte, in eine Art Nebel, der keine einzelnen Gegenstände mehr klar hervortreten ließ. Doch die Geschehnisse in ihrer Umgebung nahm Karen klar wahr. Gebannt sah sie auf das Schauspiel einige Meter unterhalb ihres Beobachtungspostens. Am Rand der Eisfläche stand ein Pferdefuhrwerk, aus den Nüstern der kräftigen Zugtiere stieg warmer Dampf. Ein Dutzend Männer standen auf der gefrorenen Oberfläche des Wassers. Sie zogen unentwegt große Blechsägen aus dem Eis und stießen sie wieder hinunter.

›Die Eisernte!‹, kam es ihr in den Sinn. Sowohl der Museumsführer als auch der unheimliche Braumeister hatten von der Eisernte gesprochen. Riesige Mengen Eis hatte man damals gebraucht, um Bier brauen zu können. Und diese Männer dort unten standen in der beißenden Kälte auf dem Eisrand und trennten große Blöcke des Kühlmaterials heraus. Fasziniert stieg sie den Hügel hinunter, sie konnte jetzt das Geräusch der Eissägen deutlich hören. Eines der Pferde wieherte, sie meinte sogar bereits den Geruch der Tiere wahrzunehmen. Auf einer glatten Fläche rutschte sie aus und stürzte auf den gefrorenen Boden.

»Aua! Mist!«, fluchte sie. Sie hatte sich mit der Hand abgefangen und rieb jetzt ihr schmerzendes Handgelenk. Vorsichtig rappelte sie sich wieder auf und ging langsam auf das Ufer zu. Der Pferdewagen war bereits zur Hälfte mit etwa zehn Zentimeter dicken Eisplatten gefüllt, gerade wuchteten zwei Männer ein weiteres mächtiges Eisstück empor. Karen hatte mittlerweile akzeptiert, dass sie sich in einer Zeit bewegte, die mindestens hundert Jahre vor ihrer eigenen lag. Deshalb wunderte sie sich auch gar nicht weiter über das Pferdefuhrwerk oder die altertümlich gekleideten Menschen. Aber sie war erstaunt, mit welcher Selbstverständlichkeit diese Männer die schwere Arbeit verrichteten. Sie konnte es nicht wirklich schätzen, aber sie nahm an, dass die nasse und glatte Eisplatte, welche die beiden soeben auf den Wagen verfrachtet hatten, mindestens fünfzig oder achtzig Kilogramm wog, wenn nicht noch mehr. Heutzutage würde niemand solche Gewichte bewegen, ohne irgendwelche Hilfsmittel zu nehmen. Doch die Männer wirkten völlig unbeeindruckt und schoben die Platte nach vorne auf den Wagen. Dann nahmen sie große Eisenstangen, an deren Spitze jeweils ein großer Haken befestigt war, in die Hand und gingen zurück zum Ufer. Auf dem Eis lagen dicke Holzbohlen, die verhinderten, dass die Männer einbrachen oder auf der glatten Fläche ausrutschten. Sie schlugen die Eisenspitzen in eine weitere auf dem Wasser treibende Platte und zogen sie an Land.

»To Jung, de Riege nao. Wenn du de sag't häs, kaans mien'twiägen afhaun.[6]« Karen hatte den Braumeister bis jetzt noch gar nicht bemerkt. Ebenso wenig wie die schmächtige Gestalt auf dem Eis, die zitternd und hustend auf den Bohlen stand: Carolinas Sohn.

6»Los, Bursche, die Reihe noch. Wenn du die gesägt hast, kannst du meinetwegen abhauen.«

7»Er lässt den Kleinen ganz schön schuften, bis er umkippt«

»He lött den Kleinen gaas schön wullacken, bes he ümkippt[7]«, raunte einer der Männer, die mit der großen Eisscholle beschäftigt waren, dem anderen zu.

»Ja, der Ludger! Der schindet seine Leute ganz schön. Und der Kleine soll arbeiten wie ein Mann, um die Arbeitskraft seines Vaters zu ersetzen. Ludger ist da gewissenlos. Ich bin froh, dass ich nicht übers Jahr unter seiner Knute arbeiten muss.«

»Er hätte Bernard nach Hause schicken sollen, als er abgerutscht war. Der holt sich ja den Tod, wenn er nicht bald ins Warme kommt.«

»Auf zwei!«

Die Männer fassten die Eisplatte mit beiden Händen und suchten sich einen festen Stand auf dem rutschigen Boden. »Eins, zwei ...« Mit Schwung hoben sie die Platte empor, ließen sie einmal nach hinten pendeln und warfen sie auf den Wagen. Die rostigen Eisenbeschläge des Fuhrwerks protestierten.

»Hey ihr da, passt auf den Wagen auf«, vernahm Karen eine herrische Stimme. »Der gehört dem Herrn. Passt auf, dass die Achsen nicht brechen.«

»Ludger, der ist voll. Mehr schaffen die Gäule nicht den Hügel rauf. Außerdem wird es gleich dunkel. Lass uns fahren.«

Wutschnaubend stemmte der Braumeister die Hände in die Seite und schrie: »Willst du mir etwa sagen, wie das Eis eingebracht wird, Harald? Du, ein Bauer! Du willst mir sagen, wie ich meine Arbeit zu machen habe?«

»Nein, aber ich weiß, wann es genug ist. Und wann es gefährlich wird. Ich brauche jedenfalls nicht so zu enden wie Henrich. Entweder wir fahren jetzt oder du bringst den Wagen alleine hoch.«

Wutentbrannt rannte Ludger auf den Mann zu, der jedoch völlig ruhig stehen blieb. Allerdings ließ er die schwere Eisenstange, mit der er eben noch die Eisplatte bewegt hatte, auch nicht aus der Hand. Wenige Zentimeter vor dem Mann, den er eben Harald genannt hatte, blieb der Braumeister stehen und sah ihm wütend in das Gesicht. Doch der erwiderte den Blick.

»Willst du damit sagen, dass ich schuld bin an Henrichs Tod? Ich soll schuld sein? Ich war gar nicht dabei, als der Unfall geschah. Das Eis war nicht richtig geladen und ist verrutscht. Was kann ich dafür?«

»Wir waren alle dabei, Ludger. Das Geschirr ist gerissen. Es war alt und der Wagen viel zu schwer. Ich werde nicht mit einem überladenen Wagen und den alten Gäulen den Berg hochfahren.«

»Und? Kann ich was dafür, wenn das Geschirr reißt? Kann ich was dafür, wenn Henrich nicht rechtzeitig zur Seite springt. Kann ich was dafür, dass er immer so langsam war?« Die Augen in dem wutverzerrten Gesicht traten fast aus ihren Höhlen. »Vielleicht war es ja Gottes Wille? Vielleicht hat es dem Herrn ja einfach gefallen, das faule Pack von der Erde zu tilgen?«

Der Bauer schwieg, sah aber weiterhin den Braumeister stoisch an. Offensichtlich wollte er den Streit nicht noch mehr eskalieren lassen. Karen konnte die angespannte Lage fast körperlich fühlen. »Lass gut sein, Ludger. Ich führ den Wagen hoch und wir laden das oben ab«, sagte Harald nach einer Weile ruhig. »Die anderen Platten kannst du hier unten auf Stroh lagern und wir bringen die dann morgen hoch. Wird schon nicht tauen bis morgen.«

»Du wirst hier überhaupt nichts mehr hochbringen. Leute wie dich, die nicht tun, was sie sollen, kann ich nicht brauchen. Geh zurück in deine Hütte und erklär deinem Weib, dass es nichts wird mit dem Zuverdienst diesen Winter. Da müsst ihr eure Gürtel eben enger schnallen!«

»Ich bekomme noch den Lohn für zwei Tage.«

»Melde dich morgen bei Wesselings, sie werden dich auszahlen. Ich werde ihnen berichten, dass du nicht für die Arbeit in der Brauerei taugst. Dass du zu faul für die Arbeit bist!« Einen letzten Blick richtete der Bauer auf den Braumeister, dann wandte er sich ab und stapfte gruß- und wortlos den kleinen Feldweg hinunter.

»Du«, wandte Ludger sich harsch an den anderen Mann, der beim Eisaufladen geholfen hatte. »Sieh zu, dass du den Wagen hochbringst. Ich schicke dir gleich zwei Mann nach zum Abladen. Und dann kommt ihr so rasch wie möglich wieder hier runter, damit ihr den Rest holen könnt.«

Einige Sekunden lang sah der Mann den Braumeister stumm an, dann spuckte er aus, steckte die Hände in die Taschen und ging dem Bauern Harald nach, ohne Ludger auch nur eines Wortes zu würdigen.

Wutentbrannt sah der Braumeister den beiden nach. Dann schrie er über das Eis: »Bernard, komm her! Wir müssen den Wagen hochbringen!«

Der Junge stapfte vorsichtig über die auf dem Eis liegenden Holzbohlen. »Los, los, oder ich mach dir Beine!«

Schwer atmend und hustend stand der Junge vor dem gewaltigen Braumeister. Karen sah, dass sich auf seiner Stirn Schweißperlen gebildet hatten. Wahrscheinlich hatte er Fieber. »Du hast aber gesagt, dass ich gleich nach Hause gehen darf«, wagte Bernard zu sagen. Mit dem Handrücken schlug Ludger ihn ins Gesicht. Bernard duckte sich weg und hielt sich die schmerzende Wange. Wütend wollte Karen den Braumeister zur Rede stellen, doch irgendeine Macht schien sie zur Untätigkeit zu verdammen.

»Du widersprichst mir auch? Faules Pack, genau wie der Vater!!« Doch als Ludger ein zweites Mal zum Schlag ausholte, hielt ein anderer Arbeiter ihn am Arm zurück.

»Lass ihn gehen, Ludger. Er ist noch ein Kind und er ist krank. Wir machen das hier alleine fertig.«

»Willst auch du mir sagen, was ich zu tun habe, Josef?«, schrie der Braumeister und wandte sich seinem nächsten Opfer zu.

»Du hast heute schon zwei Arbeiter wegen deiner Wut und deines Starrsinns verloren. Pass auf, dass es nicht mehr werden ...«

Vor Wut zitternd sah der Braumeister den Mann sekundenlang an, dann spuckte er aus und stapfte den Hügel empor. Nach einigen Metern drehte er sich um und schrie: »Da, die Reihe. Die ganze Reihe. Die müsst ihr bis morgen früh gesägt und geerntet haben. Wenn ihr meint, es geht besser ohne mich. Aber wehe euch, wenn morgen das Eis nicht im Keller ist ...«

Die Männer sahen ihm einen Moment nach.

»Gott sei Dank, er ist erstmal weg«, sagte einer.

»Los Männer, wir müssen das Eis wirklich reinbringen«, sagte Josef nach einigen Augenblicken der Besinnung. »Tun wir es für Herrn Wesseling, der ist gut zu uns. Aber du«, er zeigte auf Bernard, »du gehst jetzt sofort nach Hause und siehst zu, dass du gesund wirst.«

11. Oktober

›Was passiert mit mir? Was war gestern mit Hansen? Habe ich mit ihm geschlafen?‹

Karen war irgendwie nach Hause gekommen. Der Tag zog sich wie Kaugummi. Schwere Gedanken belasteten den regnerischen Oktobertag und ließen ihn noch grauer erscheinen. Wieder und wieder spielte sich die unwirkliche Episode vor ihrem geistigen Auge ab. Der jähzornige Braumeister, die stolzen Bauern und das hilflose, kranke Kind.

›Was sind das für Szenen, die ich da dauernd sehe? Was passiert mit mir?‹

Sie sah den toten Mann wieder vor sich. War er wirklich ein so schlechter Mensch gewesen? Wie könnte man das nach so vielen Jahren beurteilen? Andererseits: Die tief liegenden Augen, der herrisch wirkende Backenbart. Der Mann wirkte auch nach mehr als einhundert Jahren noch stolz und störrisch.

Die Pizza im Ofen war ihr beinahe verbrannt. Sie versuchte, sich besser zu konzentrieren. Trotzdem schaffte Karen es nicht, ihr Essen auch nur in halbwegs heißem Zustand zu sich zu nehmen. Immer und immer wieder wurde sie durch ihre Gedanken abgelenkt. Ob sie Stunden nachdenkend in ihrem Sessel verbracht und die Begebenheiten vor ihrem Auge hatte Revue passieren lassen oder es nur Minuten gewesen waren, sie wusste es nicht.

Zäh ging der Tag zu Ende. ›Toller Urlaub‹, sagte sie sich und ging am frühen Abend todmüde zu Bett. Karen schlief sofort ein.

Wie in einem Traum sah sie sich in ihrem Auto die B54 entlang fahren und auf den kleinen Parkplatz einbiegen. Doch ihr war klar, dass sie sich tatsächlich wieder vor dem Eiskeller befand. Ohne sich dessen bewusst gewesen zu sein, fast wie eine Schlafwandlerin, musste sie aufgestanden und sich auf den Weg gemacht haben. ›Ich muss dringend zu einem Arzt! Diese Sache macht mich fertig.‹ Mechanisch ging sie auf die Tür zu und zog den Schlüssel aus ihrer Tasche. ›Warum habe ich den nicht abgegeben?‹

Der Weg hinunter in den Keller, das Starren auf die Uhr. Die unheimliche Stille in dem alten Gebäude, nur gelegentlich unterbrochen durch das Plätschern eines einsamen Wassertropfens. Um Punkt fünf Uhr das Flackern des Lichts und ihr Aufstieg aus den Gewölben des Eiskellers in den Innenhof der Brauerei. Alles das kam ihr vertraut vor, sie hatte es bereits als Normalität akzeptiert. Genau wie den kalten Wind, der sie draußen begrüßte. Fröstelnd schlug Karen den Kragen ihrer Jacke hoch.

Ein Weg, so breit, dass zwei Fuhrwerke nebeneinander Platz hatten, führte an der Brauerei vorbei ins Dorf. Graubrauner Schneematsch lag in den Spurrinnen, teilweise noch dampfende Pferdeäpfel dazwischen.

Karen entdeckte mehrere Menschen, die sich etwas unterhalb der Brauerei gemessenen Schrittes auf der kleinen Straße Richtung Ortsmitte bewegten. Als sie genauer hinsah bemerkte sie: Alle waren komplett in schwarz gekleidet. Die Frauen trugen zudem Schleier vor ihren Hüten. Trauerkleidung. Karen ging hinunter zu den Menschen. Sie beschloss, dem Trauerzug zu folgen.

Zuerst versuchte sie noch, sich unauffällig zu verhalten, aber dann fiel ihr ein, dass sie wahrscheinlich für die anderen Menschen unsichtbar war. So, wie bei ihren früheren Besuchen. Außerdem hatte sie wirklich nichts zu verbergen. Sie ging nun neben den Leuten und versuchte, ihrer gedämpften Unterhaltung zu folgen. Doch dies war ein schier hoffnungsloses Unterfangen, denn die Leute sprachen schnell und leise in einem sehr ausgewaschenen Plattdeutsch. Sie verstand kaum etwas. Lediglich einzelne Phrasen wie »de arme Jung[8]« oder »dätteihn Jaohr[9]« konnte sie verstehen. Eine grausame Ahnung stieg in ihr empor und ließ sie frösteln.

Karen folgte dem Trauerzug in die Altenberger St.-Johannes-Baptist-Kirche. Einem Impuls folgend sah sie vor Betreten des Gotteshauses nach oben. Der ihr aus unzähligen Fahrten durch Altenberge hindurch oder an dem Ort vorbei vertraute Turm sah anders aus. Die lange Spitze fehle. Doch mit dieser Beobachtung konnte sie sich jetzt nicht aufhalten. Mechanisch benetzte sie ihre Finger und schlug das Kreuz. Die Angst, die ihre Ahnung in ihr aus gelöst hatte, ließ sie kaum atmen.

Sie zwang sich, ihre Blicke über die Reihen der Trauernden gleiten zu lassen, hoffend, dass sie sich getäuscht hatte in dem, was sie von der Unterhaltung der Leute mitbekommen hatte. Aber als sie das Erwartete sah füllten sich ihre Augen mit Tränen, die sie nicht hätte zurückhalten

---

8der arme Junge
9dreizehn Jahre

können oder wollen. Ihre Befürchtungen waren wahr geworden. Vorn in der ersten Reihe saß Carolina in ihrer Trauerkleidung, über dem Haar der dunkle Schleier. Vor dem Altar stand ein schlichter Holzsarg. Paralysiert folgte Karen der Trauerfeier, deren Liturgie ihr ebenso vertraut wie fremd vorkam.

Sie wusste, wer dort vorne in der Holzkiste lag, und Carolina, die sie eigentlich gar nicht kannte, tat ihr unendlich leid. Als die Träger sich formierten und den Sarg auf die Schulter nehmen wollten, brach die Frau schluchzend zusammen. Der Braumeister eilte ihr zu Hilfe, doch entrüstet wies die Trauernde ihn ab. Ein honoriger, älterer Mann bot ihr stattdessen den Arm und gab Ludger ein Zeichen zu verschwinden.

Die Gemeinde brach auf und folgte dem Sarg. Auch Karen schloss sich an. Mittlerweile hatte sie sich schon fast daran gewöhnt, unsichtbar dem Geschehen beizuwohnen, aber keinerlei Einflussmöglichkeiten zu haben.

›Ich bin wirklich wie ein Geist‹, dachte sie. Sie wusste immer noch nicht, ob sie träumte, Halluzinationen hatte oder tatsächlich durch irgendeine unbekannte Macht in die Vergangenheit katapultiert worden war. Ihre Empfindungen waren jedenfalls real. Der Trauerzug erreichte das Gräberfeld. Die Gemeinde formierte sich um das kalte, abweisende Loch, das der Gemeindearbeiter mühevoll in den gefrorenen Boden gehauen hatte. Langsam und unaufhaltsam senkte sich der Sarg in die kalte Erde. Die grausame Endgültigkeit dieser Handlung ließ die versammelten Frauen aufschluchzen. Viele von ihnen hatten in der Vergangenheit ebenfalls Kinder oder

Ehemänner zu Grabe getragen und wurden jetzt von Erinnerungen eingeholt. Von den Toten blieb nichts als ein verblassendes Andenken. Auch der Leichnam von Bernard Ahlers würde sich in den nächsten Jahren wieder zu dem Staub verwandeln, aus dem er gekommen war. Von dem Kind, das so tapfer seiner Mutter beistehen und den verstorbenen Vater ersetzen wollte, würde nichts bleiben.

Karen hörte kaum, was der Pfarrer am Grab sagte, aber ihr ging es auch so schon nahe genug. Die Trauergäste kondolierten einer nach dem anderen Carolina, sie hielt sich tapfer. Als der Braumeister an der Reihe war, senkte sie den Blick. Der ältere Mann, der sie bis hierher begleitet hatte, blieb die ganze Zeit in ihrer Nähe und sprang ihr zweimal zu Hilfe, als ihre Beine nachzugeben drohten.

Helfer schlossen das Grab mit geübten Bewegungen, dann legte Carolina noch einen einfachen Kranz aus Tannenzweigen darauf. ›Für Blumen ist wohl nicht die Jahreszeit‹, dachte Karen. Nachdem die Gemeinde ein letztes Gebet gesprochen und sich ein letztes Mal bekreuzigt hatte, begaben sich alle zu dem kleinen Haus, in dem Karen den Streit zwischen dem Braumeister und Bernards Mutter verfolgt hatte. Einige ältere Frauen hatten einen Trauerschmaus zubereitet, mit letzter Kraft überstand Carolina auch diese Zeremonie. Karen hatte sich einfach mit in das kleine Haus gedrängt. Sie wurde von niemandem bemerkt. Nach und nach verabschiedeten sich die Gäste, lediglich der ältere Herr, eine offensichtlich bessergestellte Frau unbestimmten Alters und der Braumeister waren noch übrig.

»Du kannst jederzeit bei mir im Haushalt anfangen, Carolina«, sagte die Frau. »Aber lass dir Zeit. Der arme Junge.« Sie wischte sich die Tränen aus dem Auge.

»Ich danke Ihnen, Frau Wesseling«, antwortete Carolina mit erstickter Stimme und sank auf einen Stuhl.

Karen hatte sich schon gedacht, dass diese deutlich besser als alle anderen gekleidete Frau die Brauereibesitzerin sein musste. Doch jetzt wurde ihr Blick magisch angezogen von einem kleinen goldenen Kreuz, das der Frau um den Hals hing. Sie konnte es kaum glauben, aber genau dieses Schmuckstück befand sich in diesem Moment auch in ihrer eigenen Jackentasche. Sie betastete es mit der rechten Hand, aber sie brauchte es nicht einmal herauszunehmen, so sicher war sie.

Der ältere Mann sah einen Moment auf die gebrochene Frau herunter, dann strich er sich verlegen über den Schnurrbart. Endlich sagte er mit ernster Stimme: »Wenn du irgendetwas brauchst, Carolina, dann wende dich an Ludger. Du weißt, er ist meine rechte Hand.«

»Ich danke auch Ihnen, Herr Wesseling«, sagte Carolina tapfer.

Der Mann hakte sich bei seiner Frau unter und wandte sich zur Tür. Dann drehte er sich noch einmal um und tippte zum Gruß an seinen Hut, bevor er das Haus verließ. Er musste sich etwas bücken, um sich in dem Türrahmen nicht den Hut vom Kopf zu reißen.

Einige Minuten war es still in dem kleinen Gebäude, nur unterbrochen vom gelegentlichen Schluchzen der trauernden Frau.

»Was willst du noch, Ludger?«, fragte sie endlich mit tränenerstickter Stimme. »Du hast mir doch schon alles genommen. Was willst du noch?«

»Ich habe dir alles genommen?«, brauste der Mann auf. »Du tust ja so, als könnte ich etwas dafür. Wenn es dem Herrn gefällt, das ungeschickte Fleisch deines Mannes und das schwächliche deines Sohnes zu nehmen, was kann ich dafür? Sie waren zu schwach für diese Welt!«

»Ludger, bitte geh. Spotte nicht meiner Toten.«

»Ich biete dir ein Leben in Sicherheit. Was hast du noch zu verlieren? Du bist doch ein Nichts ohne mich!«, schrie der Mann.

Hasserfüllt sah Carolina auf. »Du bist tatsächlich froh, dass beide tot sind, oder? Sie waren dir im Weg, und du bist der einzige Mensch auf Erden, der sich darüber freut, dass der Herr sie zu sich genommen hat. Aber mich wirst du nicht bekommen, mich nicht!«

Sekundenlang starrte Ludger die Witwe an, dann riss er sie brutal in die Höhe und küsste sie auf den Mund. Karen schrie: »Lassen Sie die Frau in Ruhe!!« Doch ihr Ruf blieb ungehört. Sie versuchte, dem Mann in den Arm zu fallen, aber ihre Hand glitt durch sein Fleisch hindurch und konnte ihn nicht greifen. Zitternd vor Wut und Anspannung sank sie fast zusammen und musste sich an die Wand lehnen. Ihre Hilflosigkeit nahm ihr die Kraft. Fassungslos begriff sie, dass sie dazu verdammt war, tatenlos zuzusehen.

Endlich löste der Braumeister seinen Mund von der zarten Frau, doch seine Hand fand den Weg zwischen ihre Beine. Carolina schlug ihm voller Wut ins Gesicht.

»Willst du mich nehmen? Jetzt, hier und mit Gewalt? An dem Tag, an dem ich meinen Sohn zu Grabe getragen habe?«, schrie sie. Dann zerriss sie ihre Bluse, die nackten Brüste glänzten im Schein der Petroleumlampen. »Dann nimm mich, ich habe doch sowieso schon alles verloren!«

Einige Sekunden starrte der Braumeister auf die Frau, dann stürmte er wutentbrannt hinaus. Als er das Haus verließ knallte er die Tür mit einer so großen Gewalt zu, dass eine der Lampen zu Boden fiel. Erschrocken schlug Carolina die Flammen aus, die sich auf dem Fußboden ausbreiteten. Nachdem das Feuer gelöscht war, blieb die Frau auf dem Boden sitzen und schluchzte herzergreifend. Karen hockte sich neben sie und versuchte, sie mit einer Berührung zu trösten, doch wie zuvor bei dem Braumeister durchglitt ihre Hand den Körper der Frau. ›Ich bin ein Geist! Nur ein hilfloser Geist‹, dachte sie verzweifelt. Dennoch wurde die Frau nach und nach ruhiger und schien Karen sogar für einige Sekunden direkt ins Gesicht zu sehen.

»Ich danke Ihnen, dass Sie gekommen sind«, hörte Karen die Stimme. »Schützen Sie meine Mutter!«

12. Oktober

Sie erwachte in ihrem Auto und fuhr einfach nach Hause, ohne sich weiter Gedanken zu machen, wie sie in den Golf gekommen war. Karen war völlig ausgelaugt, obwohl sie doch eigentlich Urlaub hatte und Kräfte tanken sollte. Als sie die Wohnungstür geschlossen und ihre Jacke aufgehängt hatte, überwältigten sie die Gefühle und Erlebnisse der letzten Stunden. Sie warf sich aufs Sofa und ließ den Tränen freien Lauf. Was war los? Wurde sie verrückt? Was waren das für Halluzinationen oder Träume? Sie, die rational denkende Kriminalistin, erkannte sich nicht wieder.

Als ob das nicht genug Probleme wären, schlich Hansens Bild in ihr Bewusstsein.

Was war mit Hansen? Hatten sie ...?

Karen atmete tief durch, wischte sich die Tränen aus dem Gesicht und beschloss, dass dieser Tag ihr gehören würde. Er würde nicht einfach so vor sich hinplätschern und vergehen wie gestern. Oder war es vorgestern gewesen? Egal. Die Kaffeemaschine war schnell angestellt. Während das Wasser schwarzes Pulver in ein aromatisches Getränk verwandelte, stürzte sie aus dem Haus und kam einige Minuten später mit einer großen Tüte voll frischer Croissants zurück. Zu viel für eine Person, aber so ging es ihr immer, wenn sie hungrig einkaufte. Sie versuchte sich mit hektischen Tätigkeiten von ihren Gedanken abzulenken. Während sie Kaffee schlürfte und in ihr Gebäck biss, las sie in der Zeitung und legte mit der freien Hand Wäsche zusammen. Außerdem versuchte sie dem

Nachrichtensprecher im Radio zu folgen. Alles war besser als nachzudenken.

Nach einigen Minuten krampfhafter Abwechslung wurde ihr klar, dass dieser Tag definitiv nicht ihr gehören würde, wenn sie so weiter machte. Sie legte das halb aufgegessene Croissant zurück auf den Teller und saß still da. Tränen liefen über ihr Gesicht.

Carolina. Womit hatte diese sanfte Frau so ein Schicksal verdient? Und der Braumeister? War der Mann wirklich so skrupellos gewesen, wie sie ihn erlebt hatte?

Es war Karen bewusst: Sie würde niemals eine Antwort auf diese Fragen bekommen. Ebenso klar war ihr, dass es sich bei dieser jungen Frau um eine Ausgeburt ihrer Einbildungskraft handelte und die Fantasie genauso wenig wie das Schicksal nach verdient und unverdient fragen würde.

›Ich werde verrückt, wenn ich nicht zur Ruhe komme.‹ Sie ging ins Badezimmer und drehte den Wasserhahn auf. Nebelige Schwaden erfüllten den Raum über der Wanne und versprachen ein heißes, entspannendes Bad. Minuten später lag sie in dem viel zu heißen Wasser und musste sich bemühen, nicht wieder aufzuspringen. Doch schnell gewöhnte sie sich an die Temperatur und genoss, wie sich ihre Muskeln nach und nach entkrampften. Sie schloss die Augen und versuchte, an nichts mehr zu denken.

Es klingelte. Allmählich erwachte Karen aus einer bleischweren Dämmerung, sie konnte sich kaum bewegen. Ihr war kalt, sehr kalt. Langsam wurde ihr bewusst, dass sie wahrscheinlich in der Wanne eingeschlafen war und nun in mittlerweile abgekühltem Wasser lag. Sie hatte Glück gehabt, dass sie nicht mit dem Kopf unter Wasser geraten und ertrunken war. ›Kann man tatsächlich im Schlaf ertrinken?‹ Sie wollte darüber nicht nachdenken und war sich auch nicht sicher, dass es ein Glück war, zu erwachen. Karen fror, aber sie dachte gar nicht daran, das kalte Wasser zu verlassen. ›Du holst dir den Tod, wenn du nicht schleunigst wieder warm wirst!‹ Unendlich träge schien sich die Vorstellung durch ihr Gehirn zu winden, doch es war ihr egal. Konnten sie nicht einfach mal alle in Ruhe lassen? Auch ihre Gedanken?

Es klingelte erneut, diesmal Sturm. Müde und lustlos bemühte sich Karen aus der Wanne und zog ihren Bademantel über. Mechanisch wickelte sie ein Handtuch um den Kopf, obwohl ihre Haare kaum nass waren. Die Klingel nervte schon wieder.

»Ja, ja«, klang ihre Stimme kaum hörbar durch den Flur. »Ich komme ja schon.«

Als sie die Tür geöffnet hatte, erschien ihr der Gast irgendwie unwirklich, sie sah alles wie durch einen Nebel. Ihr Gehirn weigerte sich zunächst, die durch ihre Augen aufgenommenen Signale zu verarbeiten. Erst nach und nach wurde ihr bewusst, dass sie die fremde Person vor ihrer Tür sehr wohl gut kannte.

»Ach, Hansen. Komm rein«, war alles, was sie herausbringen konnte. Ihre Stimme klang schwer und verwaschen. Sie drehte sich um und ging schleppend den Flur hinunter.

»Mein Gott, was ist los mit dir? Wo warst du?«, fragte ihr Kollege alarmiert, während er ihr in das Wohnzimmer folgte. »Hast du Drogen genommen?«

»Drogen?« Karen setzte sich aufrecht auf das Sofa, so gut es ging, und sah mit müden Augen ihren Gast an. »Ich? Drogen? Du spinnst, Hansen.« Und einen Moment später: »Mir ist so kalt!« Sie legte sich, fiel fast, auf das Sofa.

Hansen stürzte besorgt zu ihr und legte ihr die Hand auf die Stirn. »Du bist eiskalt! Was ist los? Ich mach dir nen Tee.«

Bevor er in die Küche verschwand, deckte er seine Kollegin mit einer Wolldecke zu, die auf dem Sofa gelegen hatte. Karen war da bereits erschöpft wieder eingeschlafen. Was in den nächsten Stunden geschah, bekam sie kaum mit. Die meiste Zeit schlief sie fest, unterbrochen von gelegentlichen halb wachen Phasen, in denen sie das Geschehen wie in einem dichten, zähen Nebel wahrnahm. Sie wusste, dass sie sich mit Hansen unterhalten hatte, doch sie konnte sich nicht erinnern, worüber. Gregor war gekommen. Ihr war, als hätte er sie berührt. Hatte er sie untersucht? Wahrscheinlich. Offensichtlich war er von seinem Kollegen informiert worden.

Gegen Abend wachte sie plötzlich auf und setzte sich mühsam aufrecht hin. Vor ihr stand ein Becher mit längst erkaltetem Tee. Dankbar hob sie ihn an die Lippen und nahm einen großen Schluck, mit einem heftigen Hustenanfall spuckte sie alles wieder aus. Hansen saß ihr gegenüber und war in seinem Sessel eingenickt, doch jetzt war er hellwach.

»Was ist das denn?«, fragte Karen, als sie endlich zu Atem gekommen war. Ihre Stimme klang sehr rau und mitgenommen. »Willst du mich vergiften?«

»Tee«, sagte er grinsend. »Weckt die Lebensgeister.«

»Tee«, meinte sie mühsam, »habe ich schon mal getrunken. Der schmeckte anders. Was ist das hier?«

»Tee, mit etwas Rum, damit dir warm wird«, gab ihr Kollege zu.

Zaghaft hob Karen den Becher erneut hoch und roch vorsichtig daran. »Etwas Rum, ja?«

Hansen hob entschuldigend die Schulter.

»Na ja«, meinte Karen dann, »in warm könnte das ja vielleicht sogar schmecken.«

»Ich mach dir neuen!«

»Nee, lass mal«, erwiderte sie. »Schieb diesen einfach einen Moment in die Mikrowelle, ja?«

»Aber dann verfliegt der Alkohol!«

»Dann mach neuen rein«, schlug Karen vor, immer noch ziemlich müde.

Doch nach einigen Minuten war Hansen mit zwei Bechern frisch gebrühten Tees wieder da, über beiden schwebte eine schwere Dunstwolke aus erwärmtem Rum. Dankbar nahm Karen eines der dampfenden Gefäße und nippte vorsichtig. »Das tut gut.« Und etwas später: »Trinkst du deinen Tee immer so? »

»Tja, da wo ich herkomm, trinken wir Tee so«, grinste er. »Hilft garantiert gegen Kälte.« Er sah seine Kollegin an, froh, dass sie wieder einigermaßen fit zu werden schien.

»Was ist passiert?«, fragte sie nach einiger Zeit.

»Ich habe dich überall gesucht. Und heute Mittag einfach noch einmal hier bei dir vorbeigeguckt und glücklicherweise warst du da. Allerdings total durchgefroren. Da habe ich versucht, dich irgendwie warm zu kriegen. Du hast offensichtlich kalt gebadet.«

Sie überlegte, an was sie sich erinnern konnte. »Ich habe warm gebadet, sehr warm. Dampfschwaden sind aus der Wanne aufgestiegen. Wahrscheinlich bin ich eingeschlafen und das Wasser ist in der Zwischenzeit kalt geworden«. Nach einer kleinen Weile fragte sie: »Wie lange bist du schon da?«

»Etwa acht Stunden. Du hast geschlafen, fast die ganze Zeit.«

»Ich glaube, ich habe Gregor gesehen ...?«

»Ich habe ihn angerufen. Ich wusste nicht, was mit dir war. Ob ich den Notarzt rufen sollte oder was, du warst so abwesend, fast wie im Koma. Also hab ich erst einmal Gregor informiert. Er ist sofort gekommen und hat dich untersucht. Obwohl er behauptete, dass das gegen seine Berufsehre verstieß, weil du noch nicht tot warst. Dann meinte er aber, dass deine Körpertemperatur der seiner üblichen Patienten schon sehr nahe käme und dass er es deshalb ausnahmsweise noch einmal durchgehen lassen wollte. Ich musste ihm versprechen, dir das auszurichten.« Karen grinste bei dem Gedanken an den Schotten und seine morbiden Scherze. Sie war froh, dass er zu ihren Freunden zählte.

»Aber Gregor konnte mich beruhigen. Er sagte, du wärst nur ordentlich durchgekühlt und völlig entkräftet. Ich sollte dich warm halten und ansonsten in Ruhe lassen, meinte er. Das habe ich versucht.«

Erst jetzt nahm sie die dicke Decke bewusst wahr, die normalerweise auf ihrem Bett lag. »Du hast mich zugedeckt. Danke.« Sie nahm noch einen Schluck Tee.

»Ja, und Strümpfe habe ich dir auch angezogen. War gar nicht so einfach. Aber ich weiß ja, Frauen haben immer kalte Füße.«

Sie sah auf die dicken Wollstrümpfe an ihren Füßen. Dann zog sie sie wieder auf das Sofa zurück. »Ja, das stimmt wohl. Auch dafür danke ich dir. Ist dir sicher schwergefallen, oder? Du ziehst die Frauen doch bestimmt lieber aus als an.«

»Och, das kommt darauf an.« Hansen grinste über beide Ohren. »Bei dir mache ich eigentlich beides ganz gern.«

Karens Gesicht rötete sich. Sie dachte an die Nacht gestern, oder war es vorgestern, als sie in Hansens Bett aufgewacht war? Eine ganze Zeit lang schwiegen beide, in Gedanken versunken. Doch dann wollte sie Gewissheit haben.

»Hansen?«

»Ja?«

»Gestern Nacht ...?«

»Vor drei Tagen war es«, sagte er. »Am Freitag. Heute ist Montag.«

›Mist‹, dachte Karen. ›Mit fehlt schon wieder ein ganzer Tag!‹

»Wir haben deinen Urlaubsbeginn gefeiert«, drang Hansens Stimme zu ihr durch. »Gregor, du und ich. Wir sind zusammen in den Pub und haben ein bisschen was getrunken. Auf einmal warst du völlig apathisch. Als ob du besoffen wärst. Aber du hattest höchstens drei oder vier Pint, das kann es eigentlich nicht gewesen sein. Wir sind dann beide zu mir. War gar nicht mal einfach, dich in meine Wohnung zu bekommen. Du hast ganz schön getorkelt.«

»Und da?«, fragte sie vorsichtig. »In deiner Wohnung ...?«

Hansen sah sie grinsend an. »Was glaubst du wohl, was passiert, wenn ich die schärfste Frau der nördlichen Hemisphäre willenlos in meinem Bett liegen habe?«

Karen schloss die Augen, sie wollte lieber nicht daran denken.

»Ich habe dich zärtlich ausgezogen«, drang die Stimme zu ihr durch, Karen überlegte, ob sie sich die Ohren zuhalten sollte, »und dann habe ich mich brav neben dich gelegt. Nichts ist passiert! Hältst du mich für einen, der über wehrlose Frauen herfällt? Traust du mir das zu?«

Sie brauchte einen Moment, bis sie realisierte, was Hansen gesagt hatte. Dankbar sah sie auf. »Ich bin froh, dass es nicht mehr war. Nein, du bist keiner, der über wehrlose Frauen herfällt. Es ist schön, dass du um mich gekümmert hast. Und heute schon wieder! Du bist echt klasse, Hansen! Aber vielleicht ändere ich meine Meinung, wenn du mir nicht noch so einen schönen Tee machst.«

Der Kriminaltechniker sprang auf und lief in die Küche. Fast umgehend war er zurück, offensichtlich hatte der Tee bereits fertig auf der Warmhalteplatte gestanden. Mit den Bechern in der Hand saßen sie sich gegenüber und schwiegen sich an. Karen war klar, dass sie an der Reihe war, etwas zu erklären, aber wie, wenn sie doch selber nicht wusste, was passiert war.

Schließlich brach Hansen das Schweigen. »Karen, Gregor und ich machen uns Sorgen. Was war los in den letzten Tagen?«

Sie überlegte. Konnte sie ihrem Kollegen von ihren Halluzinationen berichten? Erklären, dass sie der letzte Fall offensichtlich so belastete, dass sie keine Kontrolle über ihre Handlungen hatte? Sie hielt das für keine so gute Idee. Aber sollte sie den Mann anlügen, der sich so rührend um sie gekümmert hatte?

Karen gab sich einen Ruck. »Hansen, ich weiß nicht, was los ist. Ich möchte mir erst selber Klarheit verschaffen, bevor ich es euch sage. Ist das für dich erstmal so okay?«

»Ist da jemand ...?«

»Nein, nicht wie du denkst.« Sie schüttelte den Kopf. »Kein Mann, kein neuer Freund oder etwas in der Art, wirklich nicht. Aber ich möchte es dir wirklich erst sagen, wenn ich selbst Bescheid weiß.«

Hansen nickte nach einer kurzen Bedenkzeit. »Das ist zwar nicht das, was ich hören wollte, aber wenigstens weißt du offensichtlich, dass etwas irgendwie komisch ist. Und ich hoffe du weißt, dass wir dir jederzeit helfen werden, falls es nötig ist.«

Sie lachte erleichtert auf. »Ja, ich rufe die Bullen, wenn ich Schwierigkeiten kriege.« Dann stand sie vorsichtig auf, stellte aber fest, dass sie erstaunlich fit und wach war. »Ich ziehe mir jetzt was an. Und dann wäre es schön, wenn ich dich zum Essen einladen dürfte.« »Bitte«, fügte sie hinzu.

»Wenn es dir wieder soweit gut geht, dann lade ich dich selbstverständlich ein«, sagte Hansen. Karen war da schon auf dem Weg in ihr Badezimmer. »Kommt nicht infrage«, rief sie, während sie die Tür schloss. Das Rauschen des Duschwassers drang wenig später bis in das Wohnzimmer. Nach einigen Minuten öffnete sich die Badezimmertür wieder und Karen, nur in ein großes Badetuch gehüllt, huschte hinüber in ihr

Schlafzimmer. Hansen wartete geduldig. Er sah, dass sie etliche Male zwischen ihrem Bad und Schlafzimmer hin- und herpendelte, jedes Mal etwas weiter angekleidet. Ein Umstand, den er insgeheim bedauerte. »Einen Augenblick, bin gleich soweit«, rief sie mehr als einmal. Und: »Nimm dir was zu Trinken!« Dann hörte er den Fön rauschen. Hansen stand auf und ging zu der kleinen Bar, die sich im Wohnzimmerschrank befand. Ein schottischer Whisky lächelte ihn an, bestimmt ein Geschenk von Gregor.

Es dauerte noch etwa eine Viertelstunde, dann trat Karen strahlend aus dem Schlafzimmer. Hansen konnte seinen Augen kaum glauben, dass dies seine Kollegin sein sollte, die er seit drei Jahren niemals anders als in Jeans und T-Shirt oder Pullover zu Gesicht bekommen hatte. Außer in den letzten Tagen, da hatte er sie relativ unbekleidet und natürlich gesehen. Vor ihm stand jetzt jedoch eine Frau, die in jeder Model-Show eine gute Chance gehabt hätte, den Siegespreis davon zu tragen.

»Der Stellung deines Mundes entnehme ich, dass du mit meinem Outfit einverstanden bist«, sagte Karen lachend und stöckelte auf Hansen zu. »Du kannst ihn jetzt wieder schließen.« Ihre Augen blitzten.

»Karen, ich ... Ich weiß nicht, was ich sagen soll«, stotterte er. Ihr Aussehen hatte ihn, den oftmals so raubeinig wirkenden Mann, schlicht umgehauen. »Du bist wunderschön.«

»Danke«, lachte sie. »Ich habe mich mindestens drei Jahre lang nicht mehr aufgebrezelt. Und da habe ich mir gedacht, dass ich das heute einmal wieder machen sollte, auch um dir für deine Fürsorge zu danken. Ich führe dich nämlich jetzt groß zum Essen aus. Aber erst hole ich mir auch etwas zum Trinken.« Sie ging zu ihrer kleinen Bar und goss sich ebenfalls etwas Whisky ein. »Cheers, auf einen schönen Abend.« Sie prostete Hansen zu.

»Ja«, sagte er erfreut. »Auf einen schönen Abend. Da hast du mich echt überrascht. Ich passe jetzt gar nicht mehr zu dir, glamourös, wie du jetzt rüberkommst.«

»Hansen, du passt überall zu.«

»Na, ich weiß nicht?«

Nachdem sie ihre Gläser geleert hatten, machten sie sich auf den Weg. Sie nahmen ein Taxi, das sie zum Espitas brachte, einem kleinen mexikanischen Restaurant in Berg Fidel. Bei Tapas, Tortillas und einem schweren roten Wein verbrachten sie einen entspannten Abend, an dem sie feststellten, wie wenig sie trotz der jahrelangen gemeinsamen Arbeit voreinander wussten. Es gelang ihnen sogar, die unerklärlichen Ereignisse der letzten Tage komplett auszuklammern. Nach dem Dessert setzte sich Karen nach einigen Diskussionen durch und durfte die gesamte Rechnung begleichen.

Gegen dreiundzwanzig Uhr hielt das Taxi vor ihrer Wohnung. »Kommst du noch auf einen Drink mit hoch?« Während der Fahrt war Karen fast stumm geblieben, und auch jetzt kam ihre Frage nur sehr zögerlich. Sie wusste nicht, ob sie schon so weit war. Erwartungsgemäß sagte Hansen zu. Oben in der Wohnung verflog die kurze Trübung schnell wieder. Gregors Whisky sorgte für ein munteres Gespräch. Gegen Mitternacht allerdings waren die Gläser leer getrunken und beiden war klar, dass sie für diesen Abend genug Alkohol genossen hatten.

Karen sah mit gemischten Gefühlen, wie sich Hansen erhob. Sie bemerkte das Kribbeln, das sich auf ihrer Nackenhaut ausbreitete. Die Geschehnisse der letzten Tage waren plötzlich wieder da. Normalerweise war sie nicht so schnell aus der Ruhe zu bringen, doch jetzt hatte sie Angst vor dem Unbekannten, das sich vielleicht in dieser Nacht ereignen könnte. »Es wird Zeit«, sagte Hansen und wandte sich zum Gehen. »Gute Nacht, Karen.« Sie wartete einen kleinen Moment, dann fasste sie sich ein Herz. »Geh bitte nicht.«

Er blieb stehen. »Bist du dir sicher, dass das eine gute Idee ist?« Bislang hatte er keinerlei Anzeichen vernommen, dass Karen sich auch in sexueller Hinsicht zu ihm hingezogen fühlen könnte. Dennoch wünschte er sich genau dies.

Karen trat auf ihren Kollegen zu. Sie fasste ihn an beiden Händen. »Es ist nur... Ich weiß nicht, wie ich es dir sagen soll, es ist...« Und dann, nach einem schweren Durchatmen, »Ich möchte diese Nacht nicht alleine bleiben. Bitte schlafe heute bei mir, in meinem Zimmer.«

»Ich verstehe das so, dass ich in deinem Bett brav neben dir liege und das wars dann?«

Sie nickte schüchtern. »Würde das gehen?«

Hansen lachte herzlich. »Mensch Karen, weißt du eigentlich, was du da verlangst? Ich bin auch nur ein Mann und du eine so scharfe Frau. Aber ich werde mein Bestes geben und ganz tapfer sein.«

Karen sah ihn ernsthaft an. »Du fragst gar nicht, warum ich nicht alleine bleiben möchte?«

»So, wie du es eben ausgedrückt hast, muss es um irgendetwas Spannendes oder Gefährliches gehen. Da will ich nichts verpassen. Wahrscheinlich verwandelst du dich in einen Vampir oder Werwolf, wenn du nachts alleine bist. Trifft es das in etwa?«

»So in etwa«, gab Karen zu. Sie drückte Hansen einen flüchtigen Kuss auf die Wange und verschwand im Badezimmer. Verwundert sah er ihr nach. Einige Minuten später huschte sie wieder hinüber in ihr Schlafzimmer. »Bis gleich oder gute Nacht, falls ich schon schlafe.«

»Ja, gute Nacht.«

›Mensch Karen, weißt du eigentlich, was du mir da antust?‹, fragte er noch einmal in Gedanken. ›Ich soll neben dir liegen und darf dich nicht anfassen? Das Leben ist grausam.‹ Dann ging auch er ins Badezimmer. Auf einem Stuhl lagen frische Handtücher, eine originalverpackte neue Zahnbürste auf dem Waschtisch zeugte von der Umsicht seiner Gastgeberin. Direkt daneben die Tube mit der Pasta. Er machte sich ebenfalls für die Nacht fertig.

Wenig später löschte er die noch brennenden Lichter und betrat leise Karens Schlafzimmer. Es war gemütlich eingerichtet. Rötliche, warme Töne. Toskana. Ein passendes Landschaftsbild hing an einer Wand. Karen lag an der der Tür gegenüberliegenden Seite und hatte ihm den Rücken zugewandt. Ihre langen braunen Haare breiteten sich oberhalb der Decke aus. Ihr leiser, tiefer Atemzug verriet, dass sie bereits fest schlief. ›Kein Wunder, nach ihrem Zustand gestern‹, dachte Hansen. ›Was treibt sie an den Tagen, an die sie sich nicht erinnert?‹ Einen langen Moment blieb er stehen und betrachtete die schlafende Frau. Bis vor kurzem war Karen für ihn einfach eine nette Kollegin gewesen. Zuverlässig, ehrlich und lustig. Erst vor wenigen Stunden war ihm klar geworden, dass sie auch eine begehrenswerte Frau war und seine Gefühle sehr viel tieferer Natur waren, als er sich selbst gegenüber hatte zugeben wollen. Er wusste, sie hatte zurzeit keinen festen Freund und fragte sich, ob er als Kandidat für diese Rolle infrage käme.

Schließlich löschte er das Licht und schlüpfte vorsichtig unter die Decke. Kurz überlegte er, ob er die Frau neben ihm einfach in die Arme nehmen und auf ihre Reaktion warten sollte, entschied sich dann aber schweren Herzens dagegen. ›Sie braucht ihre Ruhe. Irgendetwas ist da, was sie unheimlich mitnimmt.‹ Nur Minuten später erlöste ihn der Schlaf von seinen Gedanken und seiner Zerrissenheit.

Karen hatte im Halbschlaf mitbekommen, dass Hansen sich viel Zeit genommen hatte, um zu ihr ins Bett zu kommen. ›Wahrscheinlich sieht er mich an‹, vermutete sie und versuchte, einfach ruhig weiterzuatmen. Sie ahnte, dass er sie begehrte und sie war sich nicht sicher, wie sie reagieren würde, wenn er Annäherungsversuche machen sollte. ›Du bist niemandem Rechenschaft schuldig‹, sagte sie sich. Seit mehr als drei Jahren hatte sie keinen festen Freund mehr gehabt. Und für One-Night-Stands war sie nicht der Typ. Hansen war auf alle Fälle nett und verlässlich, eigentlich genau der Typ Mann, der ihr lag. Allerdings auch ein Kollege. Sie wusste, wie oft Verhältnisse unter Arbeitskollegen zu Komplikationen im Dienst führten. Konnte oder wollte sie sich davon abhalten lassen? Durfte dieser Aspekt eine Rolle spielen? Es ging hier immerhin um sie, um ihr ganz persönliches Glück.

Sie registrierte noch, wie Hansens Atem ruhiger wurde und in ein leichtes Schnorcheln überging. Sie hatte schon den ganzen Tag über bemerkt, jedenfalls seit sie überhaupt wieder etwas bemerken konnte, dass er einen leichten Schnupfen hatte. Sekunden später war auch sie eingeschlafen.

Karen erwachte mitten in der Nacht. Ein Blick auf den Radiowecker verriet ihr, dass es Viertel vor vier war. Sie musste sich beeilen, wenn sie es noch rechtzeitig in den Eiskeller schaffen wollte. Etwas sagte ihr, dass sie bis spätestens fünf Uhr in dem neu entdeckten Gewölbe sein musste, sonst wäre der Zeitpunkt verpasst. ›Was für ein Zeitpunkt?‹, fragte sie sich. ›Was passiert dann? Und was passiert, wenn ich nicht komme?‹

Heller Mondschein fiel durch die Vorhänge, die sie gestern Abend wohl nicht richtig zugezogen hatte. Ein fremder, nicht unangenehmer Geruch hing in ihrem Zimmer. Sie bemerkte, wie sich der Mann neben ihr bewegte. Einen kleinen Moment lang musste sie tatsächlich überlegen, wo sie war und wer da neben ihr lag. Dann lächelte sie. Karen drehte sich um und sah auf den Hinterkopf ihres Kollegen. Eine beginnende Glatze zeichnete sich ab. ›Irgendwie ganz süß‹, dachte sie, dann schlief sie wieder ein.

Im Traum sah sie Carolinas verweintes und verzweifeltes Gesicht vor sich. Der unheimliche Braumeister stand wie ein Schatten im Hintergrund. Dann tauchte der Junge auf. Karen wusste, dass sie seiner Beerdigung beigewohnt hatte.

›Warum sind Sie nicht gekommen?‹ fragte seine junge Stimme.

13. Oktober

Sie öffnete die Augen und blinzelte. Die Sonne schien hell durch eine schmale Ritze zwischen den Vorhängen. Der Blick auf den Wecker sagte ihr, dass es schon fast neun Uhr war. Der Platz neben ihr war leer, offensichtlich war Hansen bereits zum Dienst gegangen. Sie blieb eine Zeit lang liegen und ließ den gestrigen Tag Revue passieren. Vieles lag wie hinter dichtem Nebel versteckt und beunruhigte sie. Dennoch spürte sie auch eine gewisse Wärme, Geborgenheit. Ihr Kollege hatte sich rührend um sie gekümmert. Diese Einfühlsamkeit hätte sie ihm eigentlich gar nicht zugetraut. Der Abend war sehr schön gewesen, so vertraut. Hätte sie mit ihm schlafen sollen? Hätte sie es gewollt? Er wäre wahrscheinlich darauf eingegangen. Obwohl er selber keinen wirklichen Annäherungsversuch gemacht hatte, hat er sich bestimmt zurückgewiesen gefühlt. Sie musste in den nächsten Tagen unbedingt mit ihm reden. Würde er einen neuen Versuch machen? Er war kräftig, roch gut. Verlässlich. Ein Mann, an dessen Seite sich eine Frau geborgen fühlen konnte. Sie hatte schon seit so langer Zeit keinen Freund mehr gehabt.

›Du arbeitest mit ihm zusammen!‹, rief sie sich zur Ordnung. ›Du willst nichts mit einem Kollegen anfangen, das gibt nur Probleme und Stress. Es ist gut, dass er schon gegangen ist. Wenigstens gab es so keine Abschiedsszene mit Erklärungen, die wir beide nicht hören wollen.‹ Oder war es eine der verpassten Gelegenheiten? Würde es eine neue geben?

Als sie aufstand und in Gedanken versunken in ihr Badezimmer hinübergehen wollte, bemerkte sie den Geruch. Kaffee! Frisch, heiß! Konnte etwas heiß riechen? Es war ihr egal, frischer Kaffee versprach auf alle Fälle, die Lebensgeister auf Hochtouren zu bringen. Ein Schlüssel drehte sich im Schloss und ihre Wohnungstür öffnete sich. Herein trat Hansen, eine Papiertüte mit Brötchen unter dem Arm.

»Moin, ich hab uns nen Kaffee gemacht und war nur kurz beim Bäcker«, sagte er wie selbstverständlich.

»Hallo, guten Morgen«, antwortete sie, freudig überrascht. »Ich dachte, du bist schon zum Dienst.«

»Nee, ich hab mir für heute freigenommen. Wollte erst mal sehen, ob ich mich noch um dich kümmern muss.«

Sie sprang auf ihn zu und gab ihm einen kleinen Kuss auf die Wange. »Du bist echt süß. Ich mache mich nur schnell fertig, dann komme ich zum Frühstück.« Sie lief fast in ihr Bad zurück.

»Echt süß«, brummelte er. »Das hat nun wirklich noch keine zu mir gesagt. Na ja, vielleicht meine Tante vor fünfunddreißig Jahren.« Dann deckte er den Tisch, setzte sich auf einen Stuhl und nahm die Zeitung zur Hand.

Wenig später kam Karen mit nassem Haar aus ihrem Zimmer. Sie hatte wie gewohnt Jeans und ein T-Shirt an, sah wieder aus wie seine nette Kollegin.

»Hast du dir wirklich für mich freigenommen?«. Karen griff zur Kaffeetasse und schenkte ein.

»Na ja, ich dachte, wir können ja vielleicht was zusammen unternehmen.« – »Wenn du nichts anderes vorhast«, fügte er nach einem kleinen Moment hinzu.

»Ich würde sehr gerne etwas mit dir unternehmen. Magst du in die Sauna gehen?« Sie war so froh, dass er da war.

Eine Stunde später hatten sie ihr Frühstück beendet und waren noch bei Hansen vorbei gefahren. Seine Badetasche war rasch gepackt. Außerdem hatte er sich noch schnell umgezogen. Jetzt befanden sie sich auf dem Weg nach Borken, um den ganzen Tag in einem Saunadorf zu verbringen.

Der Tag war wunderbar gewesen. Sie hatten jede einzelne Sauna besucht und dazwischen relaxt, geschwommen und sehr viel geredet. Hansen konnte sich nicht entscheiden, ob Karen ihm besser unbekleidet in der Sauna oder schwimmend in ihrem Badeanzug gefiel. Er versuchte, nicht zu auffällig zu gucken. Wie hatte er in all den Jahren übersehen können, was für eine fantastische Frau seine Kollegin war? Er wusste, dass er sich verliebt hatte. Aber von Karen kamen keine Signale, denen er entnehmen konnte, dass es ihr ähnlich erging und sie auch etwas für ihn empfand. Sollte er einen Versuch wagen? Außerdem: Was, wenn es schiefging? Sie würden weiter zusammen Kriminalfälle lösen müssen, auch wenn sich ihre Liaison eines Tages als Fehler erweisen würde. Könnte das gut gehen?

Am frühen Abend waren sie zurück in Münster und gingen ins Cavette. Das kleine italienische Restaurant befand sich zwar in der Nähe ihrer Wohnungen, aber sie waren trotzdem mit dem Auto hingefahren und hatten das unverschämte Glück, einen Parkplatz direkt vor dem Lokal zu erhaschen. Pasta, Salat und Rotwein waren der perfekte Ausklang dieses wunderbaren Tages. Und die uralten italienischen

Schlagerschnulzen, die aus der Imitation eines ebenso uralten Radios perlten, passten ideal zu der heimeligen, warmmüden Stimmung. Zufrieden, entspannt und etwas schlapp machten sie sich auf den Nachhauseweg, vorher holten sie allerdings noch die Badetaschen aus dem Auto. Da beide definitiv zu viel Alkohol getrunken hatten, um noch fahren zu dürfen, gingen sie zu Fuß. Scherzend und erzählend kam ihnen der Weg durch den schönen Herbstabend viel zu kurz vor.

»Komm noch mit hoch.« Hansen war erleichtert. Genau auf diese Aufforderung hatte er gewartet. Oben in Karens Wohnung gab es dann keinerlei Bedenken mehr, ob man mit einem Kollegen etwas anfangen sollte. Noch im Flur ließen beide ihre Taschen fallen und ihre Münder fanden sich. Wenige Minuten später lagen sie auf Karens breitem Sofa und Hansens Hände konnten endlich den Körper berühren, den er den ganzen Tag begehrt hatte.

Noch etwas später gingen sie, dicht aneinander klebend und fast ängstlich, den Partner auch nur eine Sekunde loszulassen, in ihr Schlafzimmer hinüber. Bevor Karen ihr T-Shirt auszog, kramte sie in ihrer Nachttischschublade herum. Nach einem Moment fingerte sie ein Kondom heraus.

»Die liegen da schon ewig lange drin, hoffentlich sind die nicht porös«, witzelte sie, bevor sie sich lachend auf Hansen warf.

»Wir werden eines nach dem anderen testen«, meinte er. »Wie viele hast du denn?«

»Genügend, du Angeber! Und sonst hole ich noch welche vom Bahnhof.« Das letzte Wort konnte Hansen nur noch erraten, denn ihre Zunge schob sich dabei schon in seinen Mund.

Beide kosteten den Sex, dessen sie sich so lange enthalten hatten, weidlich aus. Sie erkunden gegenseitig ihre Körper und genossen die Wärme ihres Partners. Schließlich kuschelte Karen sich, den Arm über seine Brust gelegt, erschöpft und glücklich an Hansen. »Heißt du wirklich Peer mit Vornamen?«

»Meine Eltern hielten das für eine gute Idee.«

»Ich auch«, sagte sie. Die Augen fielen ihr schon fast zu.

»Du, Karen«, fing er nach einem Moment an, »willst du mir echt nicht sagen, was du in den letzten ...«

Sie legte ihren Zeigerfinger auf seine Lippen. »Pst! Es ist nichts. Eines Tages sage ich es dir. ... Vielleicht.« Dann war sie tatsächlich eingeschlafen.

Carolinas Gesicht tauchte aus den Tiefen eines Traumes auf. Verweint, todunglücklich, von allen verlassen. Der Braumeister, der wütend Forderungen stellte, die Karen nicht verstehen und die arme Frau offensichtlich nicht erfüllen konnte. Der Junge, so wie sie ihn zuerst gesehen hatte: Lange Wollstrümpfe, kurze Hosen, eine zu kurze Jacke trotz des Winters, derbe Schuhe an den Füßen, eine Mütze schief auf dem Kopf. Er stellte sich zwischen seine Mutter und den tobenden Mann, versuchte, sie zu schützen. Die Stimme des Kindes, bittend, verzweifelt, vorwurfsvoll: ›Wo sind Sie?‹ Der Traum verblasste nach und nach.

Als Karen erwachte, war ihr Gesicht von Tränen nass. Die soeben geträumten Bilder standen wie eine Anklage vor ihr, aber sie konnte ihren Sinn nicht deuten. Es war kurz nach vier.

Wie in Trance schälte sie sich aus dem Bett und verließ leise das Zimmer, nicht ohne einen langen, verliebten Blick auf den schlafenden Mann zu werfen, der auf einmal einen Großteil ihres eigenen Seins zu bedeuten schien. »Eines Tages sage ich es dir«, murmelte sie, bevor sie die Tür schloss. Im Wohnzimmer lag ein Teil ihrer Sachen verstreut herum. Sie klaubte alles zusammen und zog sich an. In ihrer Jackentasche waren immer noch der Schlüssel für den Eiskeller sowie das kleine Kreuz, das sie gefunden hatte. Sie brachte auch ihre Dienstwaffe und die Taschenlampe in der Jacke unter, dann verließ sie die Wohnung und rannte schnell die Straße hinunter zum Parkplatz, wo sie gestern Abend den Wagen hatte stehen lassen.

Um kurz vor fünf stellte sie ihr Auto auf der kleinen Parkfläche beim Eiskeller ab. Sie lief zum Eingang und wunderte sich einen Moment über das Siegel, das immer noch zwischen Tür und Rahmen befestigt war. ›Warum haben die den Tatort noch nicht freigegeben‹, dachte sie, dann riss sie die Tür auf und stürmte die stählerne Wendeltreppe hinab. ›Es ist gleich fünf‹, überschlugen sich ihre Gedanken. ›Ich muss mich beeilen!‹

Kaum hatte Karen den Fußboden des neuen Gewölbes erreicht, da begann das Licht wie erwartet zu flackern. Sie schaltete die Taschenlampe ein, aber wie gewöhnlich brachte die nur für wenige Sekunden Erleuchtung und verlosch dann. Einige Minuten stand Karen unter der Leiter und lauschte. Es war nichts zu hören. Offensichtlich war sie allein. Die mitgebrachte Kerze war in wenigen Sekunden entzündet und spendete spärliches Licht, das kaum bis zum Fußboden reichte. Karen stieg die Leiter empor und machte sich auf den Weg aus dem Keller. Über den oberen Gärkeller und die ihr mittlerweile bekannte steinerne Wendeltreppe trat sie in den Innenhof der Brauerei. Es musste später Nachmittag, früher Abend sein. So genau konnte sie es nicht einschätzen, das Licht war auf eine unerklärliche Weise irgendwie unbestimmt. Es war kalt und es musste geschneit haben. Jedenfalls war der Schneeteppich von einem reinen Weiß und etwas höher als bei ihrem letzten ›Besuch‹, wie sie feststellte.

›Besuch? Habe ich wirklich an ›Besuch‹ gedacht?‹ Sie konnte immer noch nicht begreifen, was tatsächlich passierte. Ihr Verstand sagte ihr, dass sie vor einigen Minuten mit ihrem Golf in Münster losgefahren war und dass sich oberhalb des Eiskellers ein modernes Eingangsgebäude befand. Genau da, wo sie jetzt stand. Und direkt vor ihr müsste ihr VW stehen. Außerdem war es Mitte Oktober und von Winter weit und breit keine Spur. Im Gegenteil, das Münsterland erlebte einen Altweibersommer wie seit etlichen Jahren nicht mehr.

Und der gleiche Verstand sagte ihr, dass sie auf einem von Backsteingebäuden umgebenen Hof stand, die Füße in etwa zehn Zentimeter hohem Schnee. Vor ihr war eben nicht ihr Auto, sondern ein Weg, auf dem schmale Räder dünne Spuren in dem weißen Gestöber hinterlassen hatten. Pferdeäpfel lagen dazwischen und dampften.

›Das ist hier alles mindestens hundert Jahre alt! Es sieht aus wie auf alten Fotos‹, sagte sich Karen. ›Ich habe Halluzinationen! Oder etwas in der Art. Es muss so etwas sein, ich muss mit Peer darüber reden. Wenn rauskommt, dass ich spinne, kann ich meinen Dienst nicht mehr machen. Die werden mich sofort suspendieren, wenn ich nicht mehr ganz richtig im Kopf bin.‹ In Gedanken versunken ging sie den Weg hinunter. Sie erkannte in einiger Entfernung das Haus, in dem sie Carolina das letzte Mal beobachtet hatte. Wie selbstverständlich ging sie darauf zu.

›Es fühlt sich alles so echt an!‹, dachte sie. ›Gibt es so etwas wie Zeitenwanderer?‹ Vor etlichen Jahren hatte sie einmal ein Buch gelesen, in dem Zeitenwanderer vorgekommen waren. Es war kein besonders gutes Buch gewesen.

Die Tür ging auf, heraus kam eine Frau in Trauerkleidung, klein, schmächtig, in sich zusammengesunken. Carolina. Gegen den kalten Wind gebeugt machte sie sich auf den Weg in Richtung der Johannes-Baptist-Kirche. Karen folgte ihr in einigem Abstand, dann beschleunigte sie ihre Schritte. Nach wenigen Metern hatte sie die kleine Person eingeholt.

»Guten Tag«, hörte Karen sich atemlos sagen, »ich möchte Ihnen mein Beileid ausdrücken ... Es muss so furchtbar sein, erst den Mann und dann auch noch sein Kind zu verlieren. Wenn ich irgendetwas für Sie ...« Es hätte ihr mittlerweile klar sein müssen, dennoch dauerte es einen Moment bis ihr bewusst wurde, dass Carolina sie überhaupt nicht sah, sondern einfach weiterging. Durch den Schleier konnte Karen erkennen, wie verweint, verzweifelt und einsam die Frau war. Jeder Lebenswille und das letzte bisschen Kraft schienen sich aus der zarten Person entfernt zu haben. Einem inneren Zwang folgend betrat Karen die Kirche nach ihr und setzte sich in eine der mittleren Reihen. Sie beobachtete, wie Carolina zwei Kerzen entzündete und lange Zeit im stillen Gebet verharrte.

Karen fühlte sich schlecht. Sie hätte so gern einige Worte mit ihr gewechselt, ihr Trost und Hilfe angeboten. In dieser Vision war sie zu einer hilflosen Beobachterin verdammt, unfähig einzugreifen. Sie war nervös und erschrocken über ihre Machtlosigkeit.

Karen war Polizistin geworden in der Hoffnung, unschuldig in Not geratenen Personen helfen und letztlich die Ungerechtigkeiten in dieser Welt etwas abmildern zu können. Stattdessen litt sie nun mit der zarten, ihr eigentlich unbekannten Frau und verfluchte den Umstand, dass sie ihr nicht einmal einen kleinen Trost spenden konnte.

Sie hätte lieber mit dieser ganzen Geschichte, die sich augenscheinlich im 19. Jahrhundert abgespielt hatte, überhaupt nichts zu tun haben wollen. Irgendetwas zwang sie, teilzuhaben und in ihrer Ohnmacht zu verharren.

Nach einer Weile stand Carolina unter Schluchzen auf und verließ das Gotteshaus. Karen ging jetzt direkt neben ihr, sie konnte und wollte sich nicht mehr verstecken. Sie war sich sicher, dass sie von der Witwe nicht gesehen wurde. ›Es ist unheimlich, wie in einer Gespenstergeschichte, in der die Geister nur so um dich herumflattern und du siehst sie nicht. Nur, in dieser Geschichte bin ich der Geist.‹ Soweit sie wusste, waren Gespenster oder Geister die unruhigen Seelen verstorbener Menschen. ›Ich bin aber am Leben‹, sagte sie sich. Gleich darauf dachte sie an Gregor, der eigentlich nur Tote behandelte und schon zweimal nachgefragt hatte, ob sie, Karen, nun endlich seinem normalen Patientenkreis angehörte. Trotz der angespannten Situation musste sie lächeln. ›Gregor ist schon irgendwie krass drauf.‹

Als ihr klar wurde, welches Ziel Carolina hatte, verging ihr das Schmunzeln sofort wieder. Auf dem Weg zum Friedhof begegnete sie mehreren Menschen. Die Frauen knicksten kurz vor der Trauernden, die Männer lüfteten den Hut und nickten ernsthaft. An dem schweren, schmiedeeisernen Tor, das die Welt der lebenden Menschen von der Heimstatt der Toten trennte, kamen ihnen die beiden besser gekleideten Personen entgegen, in denen Karen die Brauereibesitzer erkannte. Die Frau trug eine goldene Kette um den Hals, an deren Ende das edelsteinbesetzte Kreuz hing, das Karen im Eiskeller gefunden und das sich immer noch in ihrer Jackentasche befand. Sie konnte nicht verstehen, wie sich ein und dasselbe Schmuckstück an zwei verschiedenen Orten befinden sollte. Ihre Hand schloss sich um den goldenen Anhänger in ihrer Tasche. Er fühlte sich fest und real an.

»Guten Tag, Frau Wesseling, guten Tag, Herr Wesseling«, sagte Carolina leise und knickste. Der angesprochene Mann erwiderte mit seiner tiefen Stimme: »Guten Tag, Carolina.«

»Carolina«, Frau Wesseling ergriff die Hände der jungen Frau, »hast du es dir überlegt? Du kannst jederzeit zu uns kommen. Wir geben dir eine Kammer unter dem Dach. Und wer weiß, vielleicht kommt ja schon bald ein junger Mann und freit um dich.«

»Ich danke Ihnen, Frau Wesseling. Sie sind so freundlich. Henrich und Bernard sind gerade erst vier Wochen tot, wie kann ich da an einen anderen Mann denken? Aber ich werde zu Ihnen kommen, bald. Doch meine große Bitte wäre: Wenn ich in dem kleinen Haus wohnen bleiben dürfte, das mir und meiner Familie Heimat war?«

Die Frau setzte zu einer Antwort an, Herr Wesseling schnitt ihr das Wort ab. »Du weißt, Carolina, dass Ludger die Brauerei und somit auch die Arbeiterhäuschen verwaltet. Ich werde ihn fragen, ob er dein Haus für einen neuen Arbeiter braucht. Wenn nicht, kannst du es haben, solange du in unserem Haushalt arbeitest. Sonst musst du zu uns ins Haus kommen. Allerdings hat die Beantwortung dieser Frage noch etwas Zeit. Ich werde Ludger bitten, dir auf jeden Fall das Haus bis nach Ostern zu gewähren.«

Carolina schluckte. Dann machte sie einen Knicks und sagte »Danke, Herr Wesseling. Sie sind sehr freundlich.«

Das ältere Ehepaar wandte sich zum Gehen. Karen hörte, wie die Frau noch »Das arme Kind« sagte. Carolina betrat den Friedhof, die Tränen rannen ihr jetzt vollkommen ungehemmt das Gesicht herunter. Zwei frisch aufgeworfene Gräber lagen im Schnee, an den Kopfenden standen schlichte Holzkreuze, in die man die Namen der Toten gebrannt hatte. Karen blieb in einigem Abstand stehen. Ihr war klar, dass die junge Frau jetzt ihrer Lieben in Ruhe gedenken wollte. Auch wenn sie selbst für die Trauernde unsichtbar war, erschien es ihr geboten, diese nicht aus der Nähe zu beobachten. Sie sah aus der Entfernung, dass die Frau von etlichen Weinkrämpfen geschüttelte wurde. Dann brach Carolina zusammen und fiel in den Schnee. Karen stürzte hinzu und versuchte, ihr aufzuhelfen. Als sie den Arm der Gestürzten ergreifen wollte, glitt ihre Hand einfach hindurch. Sie spürte den Stoff von Carolinas Mantel, ihr Fleisch, Knochen und Gewebe, sie konnte sie nicht fassen. Ein unwirkliches Kribbeln breitete sich auf ihrer Haut aus. Sie erstarrte.

›Ich bin wirklich ein Geist‹, sagte sie sich. Sie sah, wie Carolina sich verwundert und erschrocken den Arm rieb, genau da, wo Karen sie hatte anfassen wollen. Dann stand die Frau mühsam auf.

»Warum soll ich denn noch leben? Ohne euch?« Die dünne Stimme der gebrochenen Frau klang so unwirklich. »Ludger stellt mir nach. Wie könnte ich ihn erhören, ist er für mich doch schuld an eurem Tod? Er ist ein grausamer Mann. Wenn er nicht aufhört, mir nachzustellen, will ich nicht mehr leben. Ich folge euch, meine Lieben.« Sie hielt sich die Hand vor den Mund. »Ich versündige mich gegen dich und Gott, Henrich. Verzeih mir meine Gedanken, dein Kind soll leben. Es soll groß und stark werden. Ihr beide werdet in ihm weiterleben, hoffentlich wird es ein Junge. Ich werde ihm euer beider Namen geben.«

Ein Frösteln lief Karens Nacken herauf. Carolina erwartete ein Kind, das hatte sie nicht geahnt. Die selbstbewusste, moderne Frau wusste es zwar nicht genau, aber sie meinte sich ungefähr vorstellen zu können, wie schwer es im 19. Jahrhundert gewesen sein musste, sich als alleinerziehende Mutter durchzuschlagen. Carolinas Situation war wirklich beängstigend, sie tat ihr unendlich leid. Gleichzeitig war sie immer mehr erzürnt über ihre eigene Zuschauerrolle, die sie zur Hilflosigkeit verdammte. Gern hätte sie der sympathischen Frau beigestanden.

Carolina bekreuzigte sich und wandte sich unter Tränen zum Gehen. Karen folgte ihr einige Schritte, drehte sich aber noch einmal zu den Gräbern um. In dem diffusen Abendlicht glitten Nebelschwaden vom Hügel herunter auf den Friedhof.

Hinter den Kreuzen war die graue Masse in den letzten Augenblicken immer dichter geworden und fing an, sich zu einer Form zusammenzuziehen. Eiskalte Schauer krochen Karens Körper herauf, eine unvorstellbare Furcht drängte sie zur Flucht. Dennoch blieb sie wie gebannt stehen und starrte die Erscheinung an. Der Nebel hatte sich zwischenzeitlich zu einer Figur geformt, die jetzt langsam auf Karen zukam. Ein Schrei blieb ihr im Hals stecken. Der blassgraue Geist hatte kurze Hosen an und lange Strümpfe an den Beinen, die in derben Schuhen steckten. Sie erkannte Carolinas Sohn Bernard, der genauso aussah wie vor einigen Tagen, als sie ihn zum ersten Mal in dem kleinen Haus gesehen hatte. Doch da war er noch am Leben gewesen. Jetzt stand er vor der jungen Polizistin und sah sie mit Augen an, die dieser Welt entrückt zu sein schienen.

»Ich danke Ihnen, dass Sie gekommen sind. Schützen Sie meine Mutter!«

Ein Windstoß kam und der Geist löste sich auf, als ob ein Maler mit einem großen Schwamm ein Bild auslöschte.

Karens Starre löste sich, mit einem lauten Schrei floh sie vom Friedhof.

14. Oktober

Sie öffnete die Augen und sah das Lenkrad ihres Autos vor sich. Ihr Kopf schmerzte. Karen legte die Stirn auf den dünnen Lederbezug, der das Steuer umhüllte. ›Das darf nicht wahr sein! Ich habe Halluzinationen. Was sind das für Träume, die ich habe? Ist das eine Art Schizophrenie? Warum wache ich immer hier auf diesem Platz auf?‹ Karen war todmüde und fühlte sich hundeelend. Sie zwang sich regelrecht auf und steuert den Wagen auf die Straße Richtung Münster. Ihr Handy hatte sie wieder angeschaltet. Jetzt meldete es sich mit nervtötendem Piepsen. Diverse SMS waren eingegangen. Ein Blick auf das Display verriet ihr, dass Donnerstag war. ›Schon wieder ein ganzer Tag weg!‹ Die große Altenberger Kirche erhob sich in den graublauen Himmel. ›Johannes Baptist‹, fiel ihr ein. Irgendjemand hatte in den letzten Tagen den Namen des Gotteshauses erwähnt.

›Ich muss wissen, was los ist mit mir. Warum sehe ich diese Szenen aus längst vergangenen Zeiten? Das hat nicht wirklich was mit dem Toten zu tun, den wir gefunden haben. Das sind doch Hirngespinste!‹ Der spitze Kirchturm lugte immer wieder hinter den Hausdächern hervor. Am Kreisel hätte sie eigentlich die erste Abfahrt nehmen müssen, um über die B 54 zurück nach Münster zu gelangen. Einem plötzlichen Impuls folgend blieb sie jedoch in dem Kreisverkehr und fuhr erst an der dritten Ausfahrt heraus. Knapp hundert Meter den kleinen Berg hinauf, der Altenberge seinen Namen gab, und links in die Stichstraße, dann hielt sie hinter dem Gotteshaus, das sie, so war jedenfalls ihre Erinnerung, vor wenigen

Stunden direkt nach Carolina betreten hatte. Karen überlegte einen Moment, dann stieg sie beherzt aus und ging zu dem großen Portal. Sie legte den Kopf in den Nacken. Ihr war, als wäre sie vor Kurzem in genau dieser Haltung genau hier gestanden, aber da hatte der Turm keine Spitze gehabt.

Sie war niemals zuvor, jedenfalls nicht in ihrer realen Existenz, in dieser Kirche gewesen, das hätte sie schwören können. Und dennoch war ihr der Innenraum vollkommen bekannt, fast so, als wäre dies ein Teil ihres Lebens. Karen schluckte, dann benetzte sie ihre Finger und schlug das Kreuz. Sie setzte sich in eine der vorderen Reihen und dachte an die Erlebnisse, Wahnvorstellungen, Träume oder was immer es auch war, das ihr in den letzten Tagen begegnet war. Immer und immer wieder tauchte das traurige Gesicht Carolinas vor ihr auf, manchmal der Sohn, oftmals der undurchschaubare Brauereimeister.

›Ich muss in eine Therapie‹, sagte sie sich. ›Ich werde mir für einige Wochen freinehmen und versuchen, diese Bilder mit professioneller Hilfe loszuwerden. Ich werde Peer einweihen. Er soll wissen, was mit mir los ist.‹ Erleichtert, dass sie eine Entscheidung getroffen hatte, wie sie sich verhalten wollte, blickte sie auf.

»Sie sind neu hier, nicht wahr?«, fragte ein freundlicher Pfarrer. Offensichtlich hatte er Karen schon geraume Zeit beobachtet. »Es scheint mir, als wäre eine schwere Last von Ihnen genommen.« Karen sah sich um, sie waren beide allein in der Kirche. Sie wusste nichts zu erwidern, der Geistliche hatte recht. »Wenn ich irgendetwas für Sie tun kann«, sagte er und wandte sich zum Gehen. Kurz bevor er durch eine kleine

Seitentür verschwinden konnte, stand Karen auf und fragte aus einem plötzlichen Impuls heraus: »Kann ich vielleicht die alten Kirchenbücher einsehen?«

Der Pfarrer drehte sich um und lächelte freundlich. »Wir haben tatsächlich fast alle Bücher hier. Wenn Sie ein berechtigtes Interesse haben, kann ich sie Ihnen gerne vorlegen.«

Karen überlegte kurz. Hatte sie einen Grund? »Meine Familie stammt aus dieser Gegend. Ich weiß leider nicht genau, woher. Ich habe jetzt einige Tage Urlaub und wollte versuchen, ob ich ein paar alte Spuren finden kann.« Das war noch nicht einmal gelogen, sie erinnerte sich dunkel, dass ihre Mutter irgendwann erwähnt hatte, dass ein Teil der Familie aus der Gegend um Altenberge herum stammte. Später waren sie dann nach Münster gezogen.

Der Mann kam neugierig auf sie zu. »Wann meinen Sie denn, hat Ihre Familie hier gelebt?«

»Ich weiß es nicht genau, aber...? Es hat hier damals diese Brauerei gegeben. Ein Vorfahr muss da gearbeitet haben. Jedenfalls wurde in der Familie erzählt, dass er bei einem Arbeitsunfall ums Leben gekommen war. Wann kann denn das gewesen sein?«

»Die Brauerei Wesseling hat in den 1860er Jahren ihren Betrieb aufgenommen. Wenn es einen tödlichen Arbeitsunfall gegeben hat, dann müsste sich in den Büchern darüber etwas finden lassen. Ich würde also mit den Sterbebüchern ab 1860 anfangen. Wie hieß denn der Mann?«

»Ehrlich gesagt, weiß ich das gar nicht. Es ist der Zweig meiner Mutter, und da ändern sich die Namen ja mit jeder Heirat, nicht wahr?«

»Ja, da haben Sie recht. Kommen Sie mit in mein Büro, ich werde Ihnen die Bücher heraussuchen. Wissen Sie, damals war Altenberge ja gar nicht so groß, ich vermute mal, dass es nur wenige Einträge gibt, die infrage kommen. Vielleicht kommt Ihnen ja ein Name bekannt vor.«

Der freundliche Pfarrer winkte Karen, ihr zu folgen. Minuten später war sie in einem kleinen Büro, in dem sich überall Stapel von Büchern und Zeitschriften auftürmten. »Ich bin übrigens Pfarrer Nienhues.« Er streckte Karen die Hand hin.

»Karen Leymann, sehr erfreut!«

»Ich muss mal wieder aufräumen«, kommentierte der Priester die Unordnung.

»Mich stört es nicht.«

Der Pfarrer ging in einen kleinen Nebenraum, die Tür ließ er offen. »Hier muss es irgendwo sein«, murmelte er.

»Kann ich Ihnen vielleicht helfen?«, fragte Karen durch die Tür.

»Ja, ja, Hilfe kann ich immer gebrauchen.« Sie sah eine Hand zwischen den Regalen winken.

Auf raumhohen Holzgestellen lagen kleine Stapel mit verschnürten Unterlagen. Alles war total eingestaubt. »Wissen Sie«, sagte der Pfarrer, »es kommen immer mal wieder Leute hierher und möchten die Bücher einsehen. Einige betreiben die Genealogie ja ernsthaft, aber viele haben gar kein wirkliches Interesse daran, es ist eher so halbherzig. Wenn sie dann merken, dass es anstrengend und langwierig sein kann, sich durch diese alten Aufzeichnungen zu arbeiten, verlieren sie schnell die Lust. Und da habe ich dann oftmals auch keine Lust, hier alles mühsam zu durchsuchen, und wenn ich dann die Bücher gefunden habe, werfen die Leute einen oder zwei Blicke rein, verstehen nicht, was da steht und sind wieder weg. Und ich kann wieder alles einräumen. Sie allerdings ...«, er sah Karen direkt an, dabei zog er seine Brille etwas von der Nase, um sie besser sehen zu können. »Sie machen einen anderen Eindruck auf mich. Sie wollen wirklich wissen, was in diesen Büchern steht, habe ich recht? Aus irgendeinem Grund ist das in diesen Büchern aufgeschriebene Wissen für Sie wichtig.« Er schob die Brille wieder auf die richtige Stelle auf seinem Nasenrücken und widmete sich den Papierstapeln. Karen fühlte sich ertappt. Sie hatte dem freundlichen Mann nicht die Wahrheit gesagt, weshalb sie die Bücher einsehen wollte. In Wirklichkeit wusste sie es selber nicht.

»Hier sind sie«, verkündete der Pfarrer. »1855 bis 1872. Hier finden Sie wahrscheinlich alles, was Sie brauchen. Es wird vermutlich etwas schwierig sein, das zu lesen. An die unterschiedlichen Handschriften muss man sich erst gewöhnen. Aber ich kann Ihnen gerne helfen.«

»Das ist sehr nett, aber ich glaube, dass ich selbst zurechtkommen werde«, sagte Karen und verzog sich mit einem Stapel dünner Kladden und lose gebundener Unterlagen in das Büro. Als sie die ersten Bände aufschlug merkte sie sehr schnell, dass sie sich in diesem Punkt völlig überschätzt hatte. Alles war in unterschiedlichen Handschriften geschrieben, nur wenige Buchstaben konnte sie überhaupt entziffern. Nach und nach bildeten sich einzelne Worte heraus, doch ein wirklicher Sinn war für sie nicht zu entdecken.

Die Tür öffnete sich erneut und der nette Priester trat ein. »Ich habe Tee aufgesetzt. Ich hoffe sehr, Sie trinken eine Tasse mit mir.«

Überrascht sah Karen auf. »Aber gerne, das ist sehr nett. Ich glaube, ich muss tatsächlich auf Ihr Angebot zurückkommen: Ich kann diese Schrift wirklich nicht entziffern.«

Der Pfarrer lächelte: »Das wusste ich.« Er nahm den Stapel mit den unterschiedlichen Kladden, die Karen gerade erst herübergeholt hatte, vom Schreibtisch und trug ihn hinüber zu einem niedrigen Tischchen. Mit einer Hand schob er die dort aufgetürmten Bücher zur Seite, um etwas Platz für den neuen Stapel zu bekommen. Alles nicht Benötigte wurde schnell an der Wand aufgestapelt. Mit seinem Pullover wischte er den Staub vom Tisch, so gut es ging. Dann machte er eine einladende Bewegung in Richtung Karen, wobei er auf einen Sessel zeigte. Unglücklicherweise befanden sich auch auf diesem jede Menge Papiere, doch für den Priester war es nur eine Sache von Sekunden, bis auch diese an der Wand lagen.

»Bitte«, sagte er. »Ich hole nur schnell den Tee.« Amüsiert ging Karen hinüber zu dem kleinen Tisch, wenige Momente später war der Pfarrer mit einem Tablett, auf dem eine Kanne und zwei Becher standen, wieder da. Es roch gut nach frischem schwarzen Tee.

»Wissen Sie«, bemerkte er, »eigentlich liebe ich diese Wühlerei in den alten Unterlagen. Es ist da viel echte, sozusagen lebendige Geschichte darin. So viele Schicksale,

Leid und Freud. Und das alles ist ja nicht von irgendeinem Autor erfunden worden, sondern real. Aber was suchen wir jetzt eigentlich?« Er sah Karen an.

»Wie Sie es vorhin vorgeschlagen haben, vielleicht könnten wir schauen, ob es einen ungewöhnlichen Todesfall gegeben hat.«

Der Pfarrer erklärte ihr nun genau, was wo in welchen Büchern aufgezeichnet war. Schnell war das Sterbeverzeichnis gefunden.

»Sehen Sie hier, ab hier kommt alles ab 1860. Da haben die ungefähr angefangen, an dem Eiskeller zu bauen, der zu der Brauerei gehörte. Ab da sollten wir uns die Todesfälle genauer ansehen.« Sie fanden relativ schnell einen Eintrag, der das Interesse des Pfarrers erregte. Ein gewisser Anton Althof war im Alter von nur einunddreißig Jahren verstorben. Die Beerdigung hatte im August 1861 stattgefunden.

»Der könnte es schon sein«, meinte der Priester.

»Nein«, sagte Karen schnell. »Es kann nicht im Sommer gewesen sein. Es war Winter. Es war sehr kalt!«

Der Pfarrer sah erstaunt auf und legte seine Brille auf die Unterlagen. »Das sind aber erstaunlich detaillierte Angaben, die Sie zu dem gesuchten Toten haben. Wollen Sie mir erzählen, woher Sie die haben?«

Karen sah den Mann erschrocken an. Sie hatte sich verraten. Der Pfarrer sah äußerst vertrauensvoll aus. Er hatte ihr geholfen und sie bewirtet, er würde sie verstehen. »Nein«, sagte sie nach einem kleinen Moment der Überlegung. »Bitte verzeihen Sie mir, aber ich möchte Ihnen nicht verraten, weshalb ich das weiß. Und ich möchte Ihnen auch sagen, dass ich nicht auf der Suche nach meinen Ursprüngen bin. Meine Familie hat zwar tatsächlich Verbindungen hierher, aber das war nicht der Grund meines Kommens.« Sie sah den Mann hilflos an.

»Aber es ist wichtig für Sie?«

»Sehr wichtig.«

»Dann wollen wir weitersuchen.«

Nach wenigen Minuten wurden sie fündig. Henrich Ahlers, Sohn des Johan Henrich Ahlers und der Anna Maria Ahlers, geboren am 25. Juli 1829, getauft am 27. Juli 1829, gestorben am 17. Dezember 1862, beerdigt am 21. Dezember, 1862. Drei Tage vor Weihnachten.

»Henrich!«, sagte Karen leise, fast ehrfürchtig. »Henrich Ahlers. Das ist er.«

»Sind Sie zufrieden?«, fragte der Pfarrer. »Haben Sie gefunden, wonach Sie suchten?«

»Ja, – Nein! Können wir bitte noch schauen, ob wir auch Bernard finden?«

Der Blick des Pfarrers war jetzt eindeutig skeptisch. »Bernard?«, fragte er. »Wer ist das?«

»Das muss Henrichs Sohn sein. Er ist kurz nach ihm gestorben.«

»Sie scheinen schon eine ganze Menge über diesen Henrich Ahlers zu wissen. Aber schauen wir mal ...«

Sie mussten nicht lange suchen. Wenige Zeilen unter der Meldung zu Henrich fanden sie einen weiteren Eintrag:

Bernard Ahlers, Sohn des Henrich Ahlers und der Carolina Ahlers, geboren am 6. Februar 1849, getauft am 6. Februar

1849, gestorben am 15. Januar 1863, beerdigt am 19. Januar 1863.

»Er ist keine vierzehn Jahre alt geworden«, sagte Karen. Tränen schimmerten in ihren Augen. Der Pfarrer sah sie mitleidig an.

»Der Tod dieser Personen scheint Ihnen sehr nahe zu gehen, trotz der mehr als einhundertvierzig Jahre, die inzwischen vergangen sind. Ich hoffe sehr, dass Ihnen die gefundenen Informationen helfen werden, etwas Ruhe zu finden.«

Karen sah den Mann. Er hatte recht, sie trauerte tatsächlich um sie, obwohl sie die beiden nur aus ihren Träumen kannte. Oder waren diese Träume tatsächlich Ausflüge in die Vergangenheit? War sie eine Zeitreisende? Sie schüttelte den Gedanken schnell ab.

»Danke. Auch für Ihre Hilfe. Haben Sie noch einen Moment Zeit? Hier, Carolina«, sie zeigte auf den Namen in der Kladde, »Bernards Mutter. Sie war schwanger. Können wir noch nachschauen, was aus ihr geworden ist?«

Der Priester goss ihr Tee nach. »Wenn alles gut gegangen ist, müsste sich ein Eintrag im Taufregister finden lassen. Selbst wenn die Schwangerschaft tragisch geendet hat, werden wir wahrscheinlich hier fündig. Man hat die Kinder ja immer sofort getauft. Aber wir müssen auf alle Fälle auch im Sterberegister nachsehen. Viele Kinder sind ja damals nicht besonders alt geworden, wir werden vielleicht einen Beleg über die Erteilung der heiligen Sakramente für das Kind und vielleicht auch für die Mutter finden. Wollen Sie das dann wirklich wissen?«

Karen schluckte und dachte nach. Wie weit wollte sie noch in das Schicksal Carolinas eintauchen? Was hatte sie überhaupt mit dieser Familie Ahlers zu tun? »Bitte«, sagte sie endlich, »lassen Sie uns weitersuchen.«

Mittlerweile hatten sie Routine, außerdem war beiden ziemlich klar, wonach sie suchen mussten. Karen, die sich erstaunlich schnell mit der ungewohnten Schrift arrangiert hatte, entdeckte den Eintrag zuerst.

»Hier ist es: Henriette Bernardine Ahlers, Tochter der Witwe Carolina Ahlers, geboren am 15. Juli 1863, getauft am 16. Juli 1863.« Sie legte beide Hände auf die Kladde mit dem Eintrag, als ob sie einen Schatz zu behüten hatte.

»Henriette Bernardine. Carolina hat ein Mädchen bekommen, keinen Jungen, wie sie es sich gewünscht hatte. Aber sie hat ihr die Namen ihrer Verstorbenen gegeben, wie sie es versprochen hatte.« Ein Lächeln zeigte sich auf ihrem Gesicht. »Können wir sehen, was aus ihr geworden ist?« Karen war aufgeregt.

Nienhues lehnte sich neugierig in seinem Sessel zurück. »Sie sind sich immer noch sicher, dass Sie mir nicht erzählen wollen, was Sie antreibt?«

»Ich möchte mir erst über einige Dinge Klarheit verschaffen. Aber ich werde eines Tages wiederkommen und Ihnen alles erzählen, wenn ich darf.«

Der Pfarrer sah Karen einen Moment ernst an, dann setzte er seine Brille wieder auf. »Henriette Bernardine Ahlers. Lassen Sie uns überlegen... Die Kindersterblichkeit war damals sehr hoch, das habe ich ja bereits gesagt. Es wäre mühsam, zuerst das Totenregister durchzusehen, ob sie bei den

Todesfällen auftaucht. Nehmen wir einmal zu ihren Gunsten an, dass sie erwachsen geworden ist. Wenn sie hier im Pfarrbezirk geblieben ist und geheiratet hat, müssten Sie etwas finden können. Sie ist 1863 geboren. Damals wurden die meisten Mädchen im Alter zwischen sechzehn und zweiundzwanzig, dreiundzwanzig Jahren verheiratet. Es handelt sich also um den Zeitraum von etwa 1879 bis 1885, den Sie zuerst durchforsten sollten. Wenn sich kein Eintrag über eine Hochzeit finden lässt, kann das vielerlei Ursachen haben. Das Kind könnte zwischenzeitlich gestorben sein. Dann müssten Sie die Verzeichnisse bis 1879 auch noch durchsuchen. Es kann aber auch sein, dass Carolina Ahlers einen anderen Mann gefunden hat. Wenn sie hier im Pfarrbezirk geheiratet hat, sollte auch das zu finden sein. Wenn sie weggezogen ist, wird es schwierig. Dann werden Sie vermutlich weder etwas über Carolina noch über ihre Tochter finden.« Nienhues sah Karen an. »Ich muss jetzt allerdings für etwa eine oder zwei Stunden weg. Wenn Sie möchten, können Sie gerne hierbleiben und sich über die Unterlagen hermachen. Oder Sie kommen eines Tages wieder.

«Ich würde gerne bleiben und sehen, was ich noch finden kann«, entgegnete sie dankbar.

»Gut, dann bin ich jetzt für einen Moment weg. Wenn Sie fertig sind, ziehen Sie einfach die Tür hinter sich zu, falls ich noch nicht wieder da bin. Und ich würde mich tatsächlich sehr freuen, wenn Sie mir eines Tages erzählen, was daraus geworden ist«, sagte der Priester und nahm seinen Mantel vom Haken.

Karen bedankte sich noch einmal bei Pfarrer Nienhues. »Kann ich Sie anrufen, falls ich später noch Fragen haben sollte?«

»Selbstverständlich.« Er gab ihr ein Kärtchen mit den Öffnungszeiten und der Telefonnummer der Pfarrei.

In dem staubigen Archiv brauchte sie nicht lange zu suchen. Der Stapel von 1873 bis 1879 lag direkt neben der nun freien Regalfläche, der sie vorhin schon die Unterlagen entnommen hatten. Es schien eine erstaunliche Ordnung in dieser kleinen Kammer zu herrschen, die so gar nicht zu dem passte, was das Büro des Pfarrers hatte befürchten lassen.

Wie von Pastor Nienhues vorgeschlagen nahm sie sich zunächst den Jahrgang 1879 vor. Zeile für Zeile ging sie durch, der Zeigefinger fuhr über das Papier. Der Name Ahlers tauchte nicht auf. Karen beschloss, es in den nachfolgenden Bänden zu versuchen. Langsam begannen die Buchstaben und Worte zu verschwimmen. ›Ich muss unbedingt etwas essen‹, dachte sie und nahm einen letzten Schluck des längst erkalteten Tees. Erst Sekunden später wurde ihr bewusst, was sie soeben gelesen hatte. Der Zeigefinger befand sich da schon einige Zentimeter unter dem Eintrag.

Erleichtert lehnte Karen sich zurück. Carolinas Tochter hatte die Kindheit überstanden. Am 15. Juli 1884 hatte sie Wilhelm Anton Wesseling das Ja-Wort gegeben. ›An ihrem einundzwanzigsten Geburtstag. – Wesseling? War das der Brauereibesitzer? Beziehungsweise sein Sohn?‹

›Ob die beiden Kinder hatten?‹ Das Jagdfieber hatte Karen gepackt. ›Die haben früher eigentlich immer sofort Kinder bekommen. Vielleicht war sie ja auch bei der Hochzeit schon schwanger?‹ Sie schlug das Taufregister erneut auf und suchte rastlos nach nur einem Namen. Dann wurde sie fündig: Am 5. Mai 1885 hatten Wilhelm Anton Wesseling und seine Frau Henriette Bernardine ihre tags zuvor geborene Tochter auf den Namen Antonia Bernardine taufen lassen.

›Antonia Bernardine Wesseling‹, sagte Karen im Geiste vor sich hin. Antonia Bernardine Wesseling? Der Name kam ihr bekannt vor.

Sie machte sich Notizen über alle gewonnenen Erkenntnisse der letzten Stunden, dann schloss sie die Unterlagen und legte alles an seinen ursprünglichen Platz zurück. Eine Visitenkarte platzierte sie an Pfarrer Nienhues' Schreibtisch, vorher schrieb sie noch einen Dank und ihre private Telefonnummer darauf.

Als sie um die Kirche herum gefahren war, fiel ihr Blick auf ein Juweliergeschäft auf der anderen Straßenseite. An- und Verkauf. Sie nahm den nächsten freien Parkplatz, zog den Schlüssel aus dem Schloss und ging hinüber. Nach einer kurzen, unverbindlichen Begrüßung legte sie dem Verkäufer kommentarlos das kleine goldene Kreuz auf den Tresen. Der nahm es neugierig in die Hand und fragte: »Sie möchten verkaufen, gnädige Frau?«

»Eigentlich nicht, es ist ein Erbstück. Aber ich wüsste gerne, was das so ungefähr wert sein könnte.«

Der Mann drehte das Schmuckstück in der Hand hin und her, hielt es gegen das Licht und nahm eine Lupe aus seiner Westentasche, um es genauer betrachten zu können. »Nun, es ist ein schönes Stück. Sauber gearbeitet, alt. Ziemlich alt. Ich vermute, es stammt aus dem letzten Jahrhundert. Also dem vorletzten Jahrhundert, verzeihen Sie. Ich denke, aber das müsste man erst einmal genauer untersuchen, ich denke es stammt aus den frühen Achtzehnhunderterjahren. Vielleicht 1820 bis 1830. Das müsste man genauer bestimmen. Gold, keine Frage, acht Rubine, drei kleine Diamanten, Brillantschliff. Ein wirklich schönes Stück. Müsste natürlich komplett gereinigt werden. Sie wollen wirklich nicht verkaufen?« Er sah Karen freundlich an.

»Ich glaube, ich sagte es bereits«, lächelte Karen.

»Alle sagen zuerst, dass sie nur den Wert bestimmt haben möchten. Aber dann, wenn sie ihn hören und er hoch genug ist, dann wollen sie doch verkaufen. Ich kann den genauen Wert erst nach einer umfassenden Untersuchung nennen. Die Steine müssen herausgelöst und bestimmt werden. Aber ich kann Ihnen jetzt schon sagen, dass ich Ihnen mindestens viertausend Euro dafür geben werde.« Er sah zu Karen auf. »Nun, möchten Sie eine genaue Bestimmung?«

»Nein, ich glaube, das reicht mir. Vielen Dank, was bekommen Sie?« Karen nahm das Kreuz wieder an sich und ließ es in ihrer Jackentasche verschwinden. Der Juwelier sah entsetzt zu.

»Haben Sie keine Schatulle dafür? Bitte geben Sie mir das Kreuz noch einmal.« Karen gab es ihm, er kramte unter seinem Tresen eine einfache Plastikschatulle hervor. Nachdem er sie mit einem weichen Tuch ausgepolstert hatte, legte er das Kreuz vorsichtig hinein. »Bitte«, sagte er und übergab Karen die kleine Schachtel.

»Vielen Dank. Und was bekommen Sie jetzt?« Der Juwelier hob abwehrend die Hände. »Wenn Sie es sich anders überlegen und doch verkaufen wollen, denken Sie an mich. Oder wenn Sie sich oder Ihrem Mann oder jemand Anderem ein schönes Geschenk machen wollen, denken Sie auch an mich. Wissen Sie, ich habe hier sehr viele sehr schöne Stücke. Heutzutage kann man sich ja schneller einmal ein wirkliches Schmuckstück leisten. Damals, zu der Zeit als Ihr Kreuz hergestellt worden ist, war das ja nur etwas für die wirklich Reichen.«

Das brachte Karen auf einen Gedanken. »Sie haben gerade gesagt, dass das Kreuz in etwa viertausend Euro bringen würde. Haben Sie eine Idee, was so etwas damals wert gewesen sein kann?«

»Das ist eine wirklich schwierige Frage. Man kann das nicht so einfach umrechnen, glaube ich. Wenn heute so ein Schmuckstück vielleicht dem Gegenwert von zwei oder drei Monatsgehältern entspricht, je nachdem, was man so verdient, dann waren das früher absolute Luxusgüter und auch Wertanlagen. Viele Menschen, also viele begüterte Menschen, haben Gold und Edelsteine oder eben Schmuck gekauft, um für unsichere Zeiten vorzusorgen. Große Werte, einfach zu verstecken, einfach zu transportieren, und überall auf der Welt zu Geld zu machen. Neben der reinen Zierde für die Damenwelt hatte Schmuck also auch noch eine ganz praktische Aufgabe. Wenn Sie jetzt also nach dem Wert fragen, dann ist das nicht so einfach zu beantworten. Für einen Adeligen, einen Großgrundbesitzer oder Fabrikeigentümer war es sicherlich einer von vielen Werten, mit denen man sich aus den eben genannten Gründen versorgte. Wenn so ein Stück aber in die Hände eines normalen Menschen, eines Arbeiters zum Beispiel, geriet, dann war das damals so wie heute ein Jackpot im Lotto. Von dem Gegenwert hätte der Mann wahrscheinlich viele Jahre sorgenfrei leben können. Dieses Kreuz hätte vor ein- oder zweihundert Jahren den Unterschied zwischen Arm und Reich bedeutet.« Der Mann schwieg lächelnd.

Als Karen daraufhin ebenfalls schwieg, fügte er hinzu: »Insofern ist es natürlich Glück, dass Sie das Kreuz in der Familie bewahrt haben. Ich an Ihrer Stelle würde es auch nicht verkaufen.«

»Vielen Dank, auf Wiedersehen.« Karen verließ nachdenklich das Geschäft.

›Bist Du wahnsinnig, ein Fundstück oder sogar ein Beweisstück zu unterschlagen!‹, schalt sie sich, als sie wieder in ihrem Auto saß. ›Du kriegst ein Disziplinarverfahren an den Hals, bestimmt sogar ein Strafverfahren. Karriere kannst Du dann abhaken!‹ Sie überlegte, ob sie das Kreuz irgendwo geschickt entsorgen könnte. ›Oder ich gebe es mit einer Unschuldsmiene Peer, nach dem Motto: ›Hier, habe ich vergessen dir zu geben!‹‹ Doch ihr war klar, dass sie es nicht bringen würde, Hansen zu belügen.

Hansen! Sie musste ihn unbedingt anrufen. Vorhin, beim Betreten der Kirche, hatte sie ihr Handy ausgeschaltet. Und bisher vergessen, es wieder zu aktivieren. Als es wieder betriebsbereit war, quittierte es die lange Ruhezeit mit wütendem Piepsen. Etliche Anrufe waren in der Zwischenzeit eingegangen, fast alle von Hansen. Sie beschloss, ihn jetzt direkt anzurufen.

»Karen, geht es dir gut?«, meldete er sich.

»Ja, Peer, es ist alles in Ordnung.«

»Wo bist du? Wir haben deinen Wagen gefunden, aber seit ein paar Stunden ist er vom Parkplatz wieder verschwunden. Wir überlegen gerade, ihn zur Fahndung auszuschreiben.«

»Zur Fahndung?«, fragte sie ungläubig.

»Karen, du bist seit gestern spurlos verschwunden. Dein Auto steht mehr als vierundzwanzig Stunden auf dem Parkplatz vor dem Eiskeller und ist dann auf einmal weg. Die Kollegen haben nicht aufgepasst. Wir machen uns alle Sorgen um dich. Ich bin auf dem Weg nach Altenberge.«

»Peer, bitte! Ich habe Urlaub, da kann ich auch mal einen Tag weg sein. Ich erkläre es dir nachher. Aber kehre bitte wieder um, ich komme jetzt nach Münster. Ich brauche eine Dusche und dann gehen wir heute Abend irgendwo essen, okay?«

Sie hörte durch das Telefon, dass diese Antwort ihn nicht zufriedenstellen konnte. Aber seine Stimme klang ruhiger. »Karen, du bedeutest mir etwas! Du kannst natürlich tun und lassen, was du willst. Aber warum sagst du es mir nicht? Warum bist du mitten in der Nacht abgehauen und meldest dich dann fast zwei Tage nicht?«

Einen Moment war sie still. »Du hast recht, es ist nicht fair. Es tut mir leid, okay.? Ich erklärs dir nachher! Heute Abend! Holst du mich gegen acht Uhr ab?«

Beide schwiegen eine Sekunde. Es war klar, dass diese Antwort nicht ausreichend war. Endlich sagte sie: »Bis nachher.« Sie unterbrach die Verbindung.

Das Handy klingelte sofort danach. Eine unbekannte Nummer. »Leymann«, meldete sie sich mechanisch.

»Hallo Frau Leymann. Wenn Sie mir erzählt hätten, dass Sie bei der Kripo sind, hätte ich doch nicht so neugierig nachgefragt.«

»Hallo Pfarrer Nienhues«. Sie hatte die Stimme sofort erkannt.

»Schade, dass ich Sie nicht mehr angetroffen habe. Ich hätte Sie gerne noch gesprochen. Haben Sie gefunden, was Sie gesucht haben?«

»Ja, Henriette Bernadine hat überlebt und geheiratet. Und zwar einen gewissen Wilhelm Anton Wesseling. Kann das ein Spross aus der Brauereifamilie gewesen sein?«

»Sie sind wirklich gut informiert. Ja, die Brauerei hat früher einmal der Familie Wesseling gehört. Aber ob da ein Wilhelm Anton war? ... Ich weiß es nicht. Frau Greiving wird Ihnen vielleicht weiterhelfen können.«

»Frau Greiving?«

»Ja, sie ist eine direkte Nachfahrin der Wesselings. In der xten Generation. Und es ist allgemein bekannt, dass sie verschiedene Unterlagen der Brauerei verwaltet und auch sonst viel Wissen darüber hat. Warten Sie, ich gebe Ihnen ihre Telefonnummer ...«

Karen wartete einen Moment, dann notierte sie die Nummer, die ihr der Pfarrer durchgab. »Vielen Dank, Sie sind sehr hilfsbereit.«

»Ich bin nicht hilfsbereit, sondern neugierig. Sie haben mir versprochen, dass Sie mich eines Tages aufklären über Ihr sonderbares Interesse und Ihr Wissen über die damalige Zeit.«

»Ja, das werde ich tun«, versprach Karen und legte auf.

Frau Greiving entpuppte sich als ältere, aber äußerst nette Zeitgenossin. »Aber gerne unterhalte ich mich mit Ihnen über die Brauerei. Ich bin immer froh, wenn sich noch jemand dafür interessiert. Kommen Sie morgen Nachmittag zum Kaffee zu mir, ich werde meinen Sohn bitten, in der Zwischenzeit die alten Unterlagen vom Balken zu holen. Dann können wir gemeinsam stöbern, ob wir etwas Interessantes finden.«

Karen war todmüde. Der Tag und die vergangene Nacht hatten viel Kraft gefordert. Oder waren es zwei Nächte? Sie war sich immer noch vollkommen unklar über ihre Erlebnisse. Als vernünftig denkender Mensch wollte sie alles am liebsten in die Kategorie ›ungewöhnlicher Traum‹ verschieben und als unwichtig abtun, aber dafür waren die in diesen Träumen erfahrenen Details zu genau. Sie hatte alles oder wenigstens das Meiste von dem gewusst, was die Kirchenbücher preisgegeben hatten. Das hätte ein Traum nicht leisten können. Außerdem waren da die fehlenden Tage. Sollte, konnte sie sich eingestehen, dass das neu entdeckte Gewölbe im Eiskeller eine Art Zeitmaschine darstellte, die sie in ein vergangenes Zeitalter katapultierte?

Karen fuhr zurück in ihre Wohnung und nahm eine ausgiebige Dusche. Dann schlief sie ein paar Stunden auf ihrem Sofa. Es klingelte. Verschlafen öffnete sie, Peer stand vor der Tür. Zaghaft trat er ein, es war spürbar, wie unbehaglich er sich fühlte. Er war enttäuscht und alleingelassen mit seiner Angst. Vorhin am Telefon, war sie da zu forsch gewesen? Zu sehr auf ihr eigenes Leben bedacht? Vorsichtig legte Karen ihre Arme um seinen Hals und küsste ihn. Sie war erleichtert, als sich sein Mund öffnete. Ihr war plötzlich klar geworden, welche Ängste ihr Liebhaber um sie gehabt haben musste, er konnte ja überhaupt keine Ahnung haben, was mit ihr passierte. Wie denn auch, wenn sie es selber nicht wusste!?

»Ich bin noch nicht soweit«, sagte sie, löste sich aus seinen Armen und ging in Richtung Badezimmer. Sie war noch nicht so weit, ihm Antworten auf die unausgesprochene Frage zu geben. Erst musste sie etwas Zeit gewinnen.

»Karen, wir müssen reden! Ich hatte eine Scheißangst!« Sie blieb stehen, erschrocken, ertappt. Die direkte und schnörkellose Art, die sie an Hansen gelegentlich bewundert hatte, traf sie bis in ihr Innerstes. Karen wusste, sie würde mit weiterem Schweigen ihre aufkeimende Liebe gleich zu Beginn verraten. Aber was konnte sie ihm sagen?

»Bitte nimm dir etwas zu Trinken und warte einen Augenblick. Wir reden gleich«, sagte sie und setzte ihren Gang fort. ›Hoffentlich ist er gleich überhaupt noch da.‹

Sie ließ sich Zeit, brezelte sich wieder auf. Doch diesmal nicht aus Lust, ihm zu gefallen. Eher wollte sie Zeit gewinnen. ›Er wird mich für verrückt erklären, sich abwenden.‹ Sie dachte angestrengt nach, welche rationale, glaubwürdige Erklärung konnte sie Hansen auftischen? Ihr fiel keine ein, aber ihr wurde immer klarer, dass sie auch nicht gewillt war, Peer zu belügen. Dann lieber überhaupt nichts sagen und auf sein Verständnis hoffen. ›Wie sollte er das verstehen?‹

Als sie endlich aus ihrem Zimmer trat, erhob Hansen sich aus dem Sofa und kam ihr entgegen. Ein Stein fiel ihr vom

Herzen, denn er war noch da. »Du siehst wunderbar aus«, sagte er.

»Danke!« Sie ging zum Schrank und nahm sich einen Drink. Verlegen stand sie einen Moment herum und nippte unschlüssig an dem Glas. Dann atmete sie einmal tief durch: »Du hast ein Recht darauf, alles zu erfahren. Aber ich bitte dich um eine kleine Frist: Bitte lass uns jetzt etwas essen gehen, ich habe einen Riesenhunger. Und dann erzähle ich dir alles.«

Hansen sah Karen noch einen Moment an, dann nickte er. »Okay, lass uns etwas essen gehen.« Er deutete eine Verbeugung an und hielt ihr den Arm hin. Es war ein unglaublich warmer Abend für Mitte Oktober. Karen verzichtete auf den Mantel und nahm nur eine leichte Jacke, dann gingen sie zu Fuß zum Hafen. Im Pier House fühlte sie sich völlig overdressed. Sie aßen Quesadillas und tranken etwas Wein, aber beiden war nicht wirklich nach einem gemütlichen Abend zumute. Bereits um kurz nach zehn waren sie wieder in Karens Wohnung.

»Mix uns bitte irgendwas Starkes, ich ziehe mich in der Zwischenzeit um«, sagte sie und verschwand im Schlafzimmer. Sie setzte sich auf die Bettkante und dachte nach. Dann atmete sie einmal tief durch und fing an, sich auszuziehen und abzuschminken. Nach erstaunlich kurzer Zeit war sie in einen gemütlichen Hausanzug gekleidet zurück bei Hansen. Er hatte zwei Drinks gemischt und auf den kleinen Tisch vor dem Sofa gestellt. Offensichtlich hoffte er, dass sie beiden nebeneinander sitzen würden. Doch Karen nahm sich ein Glas und setzte sich mit verschränkten Beinen auf den gegenüberliegenden Sessel.

Dann sah sie traurig auf Hansen. Sie hatte keine Ahnung, wie er reagieren würde. »Cheers«, sagte sie. »Ich möchte etwas Abstand haben. Ich hoffe, du verstehst das?« Er nickte, wusste aber nicht, warum. »Ich habe Angst, dass ich meinen Job nicht mehr machen kann, wenn ich dir alles erzählt habe. Und dass du mich für verrückt hältst. Dass du mir nicht glaubst.«

»Du weißt, dass ich dir alles glauben werde«, erwiderte er. »Und warum solltest du deinen Job nicht mehr ausführen können?«

»Warte einen Moment«, Karen hob abwehrend die Hand. »Du sagst, dass du mir alles glauben wirst. Auch, wenn ich völlig verrückte Sachen erzähle? Auch, wenn ich dir sage, dass ich eine Zeitreisende bin?«

Hansen sah auf. Dann meinte er lachend: »Ich habs gewusst, dass du nicht von dieser Erde bist. Du bist einfach zu schön dafür. Aus welcher Zeit und von welchem Planeten stammst du denn?« Er verstummte, als er Karens Reaktion sah. Ihr Gesicht zuckte und Tränen liefen. Sofort stürzte er zu ihr. Da es keine weitere Sitzgelegenheit gab, kniete er sich auf den Boden und nahm sie in den Arm.

»Du, du meinst das ernst? Entschuldige, es ist so unvorstellbar.«

Karen schluchzte jetzt laut auf. »Ich habe gewusst, dass du mich für verrückt halten wirst. Aber ich kann es nur so erklären. Ich reise in eine vergangene Zeit, wenn ich den einen

Tag nicht hier bin. Es fühlt sich alles so echt an. Und alles, was ich erlebe, stellt sich als wahr heraus.«

Behutsam führte Hansen sie jetzt hinüber auf das Sofa und nahm sie fest in die Arme. »Karen, du bedeutest mir viel. Bitte, versuche mir alles zu erzählen, ich werde zuhören.«

Sie schluchzte noch einmal und nahm einen Schluck, dann fasste sie sich und berichtete nach und nach, was ihr in den letzten Tagen widerfahren war. Er hörte tatsächlich nur zu und ließ ihre Worte auf sich wirken. Es klang alles höchst unwahrscheinlich und trotzdem sehr authentisch. Dennoch widersprach es allem, was er bisher in seinem Leben erfahren hatte. Auch wenn er Karen glauben wollte: Es war schwierig. Vielleicht war sie einfach nur verwirrt?

»Du bist still«, sagte Karen nach einer Weile. »Du weißt nicht, was du davon halten sollst?«

»Ja«, sagte Hansen endlich. »Es klingt so – surreal. Wie aus einem Film. Darf ich darüber nachdenken?«

»Bleibst du heute Nacht bei mir?« Ihre Frage kam fast flehend.

Sehr sanft und behutsam näherten sie sich in dieser Nacht. Unendlich beruhigt und erleichtert schlief Karen in seinen Armen ein. Gelegentlich wachte sie kurz auf. Der sich regelmäßig hebende und senkende Brustkorb neben ihr gab ihr Sicherheit.

Gegen vier Uhr war sie plötzlich hellwach. ›Ich muss nach Altenberge‹, sagte sie sich. Neben ihr leises Schnarchen. Beruhigend, bodenständig. ›Ich habe keine Macht da drüben. Ich kann Carolina auch nicht helfen. Ich muss Ruhe finden.‹

Sie zwang sich wieder zurück ins Bett. Als sie nach Hansen tastete, griff seine Hand zu und hielt sie fest.

»Warum sind Sie nicht gekommen?«, fragte eine vorwurfsvolle Stimme im Traum.

17. Oktober

»Was machst du heute?«, fragte Peer beim Frühstück.

»Erstmal bade ich und dann fahre ich heute Nachmittag noch einmal nach Altenberge«, sagte Karen. Er zog eine Augenbraue hoch.

»Ich muss da Klarheit kriegen, das verstehst du doch sicher. Ich werde heute Nachmittag die Frau besuchen, von der ich dir gestern erzählt habe. Aber heute Abend bin ich wieder hier. Ich werde uns etwas Schönes kochen und ich verspreche dir die heißeste Nacht deines Lebens«, lächelte sie.

Er verabschiedete sich von Karen. Es war ihm anzumerken, dass ihm ihr Plan, in dieser komischen Zeitreisegeschichte weiter zu forschen, überhaupt nicht recht war. Aber er musste akzeptieren, dass sie jedes Recht hatte, diese Sache auf ihre Art zu ergründen oder aufzuarbeiten.

Nachdem Karen noch einmal eingeschlafen war, wachte sie kurz vor Mittag auf. Sie badete, wie sie es sich vorgenommen hatte und aß eine Kleinigkeit. Dann machte sie sich auf den Weg nach Altenberge zu Frau Greiving. Unterwegs besorgte sie noch einen kleinen Strauß Blumen sowie ein paar Pralinen. Die ältere Dame empfing sie überaus herzlich.

»Es ist so selten geworden, dass sich jemand für die alte Brauerei interessiert. Damals, als man die Eiskeller wiederentdeckt hatte, kamen ein paar Leute. Manchmal fragt auch noch jemand vom Heimatverein. Obwohl, das ist auch schon ziemlich lange her... Aber jetzt? Seit Jahren kommt niemand mehr. Ich habe mich sehr gefreut, als Sie gestern angerufen haben. Sonst besucht ja auch kaum jemand eine alte Frau wie mich.«

Karen lächelte, als Frau Greiving Kaffee einschenkte. »Ich finde es total nett von Ihnen, dass Sie mich so ohne Weiteres empfangen haben. Sie kennen mich ja gar nicht. Pfarrer Nienhues hat mir geholfen, in den alten Kirchenbüchern herumzustöbern. Und bei meinen Nachforschungen bin ich auf einen Wesseling gestoßen, Wilhelm Anton Wesseling. Ich wüsste gerne, ob das ein Nachkomme der Brauereibesitzer gewesen ist. Und der Herr Pfarrer sagte, dass Sie vielleicht noch Informationen aus der damaligen Zeit haben.«

»Ja, ich habe noch ganz viel. Aber natürlich längst nicht alles. Einiges ist in den Wirren der Zeit irgendwie untergegangen. Der Name sagt mir jetzt allerdings auch noch nichts. Wann soll denn dieser Wilhelm Anton gelebt haben?«

Karen schaute auf ihre Aufzeichnungen. »Im Juli 1884 hat er geheiratet, aber ich habe keine Ahnung, wie alt er da war. Ich könnte natürlich nochmals in den Kirchenbüchern nachschauen. Aber vielleicht haben Sie ja auch noch Unterlagen, in denen wir forschen können?«

»Aus dem vorigen Jahrhundert, Verzeihung, es ist ja bereits das vorvorige Jahrhundert, habe ich noch eine Menge Rechnungen aus dem Haushalt. Wenn es eine Hochzeit gegeben hat, dann sicher auch eine Feier. Da können wir ja zunächst einmal nachsehen, ob wir irgendeine Rechnung finden aus der Zeit, die auf eine große Feier hindeutet. Vielleicht für Musik oder für einen Ochsenbraten oder was immer man damals zu solchen Festen aufgetischt hat.«

»Das ist eine gute Idee.«

Frau Greiving beugte sich hinunter und wühlte in einem großen Karton, der neben dem Tisch stand. »Mein Sohn hat mir gestern Abend noch die Sachen vom Balken geholt. Also, da kann ich mich auf ihn verlassen. Wenn ich etwas brauche, ist er immer sofort da. Wissen Sie, er wohnt auch hier in Altenberge. Also, zweimal, ach was sage ich, dreimal die Woche kommt er bestimmt vorbei. Es ist ja so schade, dass er keine Kinder hat. Und ich natürlich auch keine Enkelkinder. Na ja, jetzt, wo die Beiden sich getrennt haben, ist es vielleicht auch besser, dass sie keine Kinder haben.« Sie tauchte wieder auf. »Aber das interessiert Sie natürlich eigentlich gar nicht«, sagte sie mit einem Lächeln.

»Doch, es interessiert mich«, protestierte Karen.

»Hier sind die Rechnungen und Quittungen«, sagte Frau Greiving und schob eine Kartonmappe auf den Tisch. Sie öffnete sie und nahm den ersten Beleg heraus. Neugierig besah sie sich ihn, schob die Brille mehrfach zurecht und meinte dann: »Das Licht ist aber auch schlecht. Können Sie etwas darauf erkennen?« Sie gab Karen die Quittung.

Die alte Dame hatte recht, es war kaum etwas zu entziffern. Die Quittung war handschriftlich mit einem spitzen Bleistift auf sehr dünnes Papier geschrieben. Mit Mühe erriet Karen, dass es sich um eine Reparaturrechnung für was auch immer aus dem Jahr 1881 handelte. Sie legte sie zurück auf den Tisch. Frau Greiving versuchte sich schon an dem nächsten Beleg, doch auch diesen schob sie schnell Karen hinüber. Die nächsten zwei, drei sah sie sich noch an, dann gab sie auf.

»Ich hoffe, Ihre Augen sind noch etwas besser. Ja, es wird im Alter nicht einfacher, das kann ich Ihnen sagen.«

»Also ich finde, dass Sie noch unheimlich gut zuwege sind«, sagte Karen. »Darf ich Sie fragen, wie alt Sie sind?«

»Aber natürlich! In meinem Alter wird man schon wieder stolz auf die Lebensjahre, die man verbracht hat. Zweiundachtzig bin ich geworden, vor vier Wochen.«

»Oh, dann herzlichen Glückwunsch nachträglich.«

»Dankeschön.«

Mit allerhand Plauderei verging die nächste Stunde wie im Flug. Karen besah sich die Belege, zuerst suchte sie immer nach dem Datum. Alles, was vor 1884 war, legte sie direkt weg. Die anderen Rechnungen musste sie schon genauer studieren. Vieles war kaum leserlich geschrieben, die Schriften verschmiert oder die Belege verschmutzt. Auch die ständig wechselnden Handschriften machten ihr zu schaffen, dagegen war das Studieren der Kirchenbücher, die immer ordentlich und sauber geführt worden waren, fast ein Kinderspiel gewesen. Frau Greiving redete nahezu ununterbrochen, Karen hörte zu. Innerlich schmunzelte sie über die agile alte Dame, die sich jetzt darauf verlegt hatte, sie auszuhorchen.

»Haben Sie denn Kinder?«»Nein, leider nicht.«

»Oh, wie schade. Da ist Ihr Mann sicher auch sehr traurig.«

»Ich bin gar nicht verheiratet.«

»Ach, ihr jungen Frauen, ihr lasst euch ja heutzutage wirklich viel Zeit. Aber einen Freund haben Sie doch bestimmt.«

Karen lächelte. »Ja, den habe ich tatsächlich.«

»Ist er nett?«

»Er ist der netteste Mann der Welt.«

»Na, da werden ja wohl bald die Hochzeitglocken läuten.«

»Oh, davon ist mir noch nichts bekannt.« Beide Frauen lachten herzlich.

»Da müssen Sie ihm mal einen Hinweis geben. So eine schöne Frau wie Sie, die will doch geheiratet werden. Sagen Sie es ihm, heutzutage braucht eine Frau ja nicht mehr zu warten, bis der Mann aktiv wird. Sagen Sie es ihm ruhig. Wenn er es nicht macht, kommt bestimmt bald ein anderer und heiratet Sie.«

Karen sah ihr Gegenüber verschwörerisch an. »Wissen Sie, Frau Greiving, wir sind noch nicht so lange zusammen. Ich muss erst einmal abwarten, ob es der Richtige ist.«

Die alte Dame nickte verstehend.

»Ich glaube, hier ist nichts drin, was mir weiterhilft«, meinte Karen. Sie legte die Papiere wieder in den Kartondeckel zurück.

»Das ist schade. Damals hat man ja alles noch in bar bezahlt, und manchmal auch unter der Hand. Vielleicht haben Sie deshalb nichts gefunden. Wir können ja einmal nachschauen, ob was in der Zeitung gestanden hat«, sagte Frau Greiving.

»Haben Sie tatsächlich die Zeitungen von damals?«

»Nicht alle natürlich. Aber die Wesselings haben viel ausgeschnitten und aufgehoben, wenn etwas über sie oder die Brauerei in der Zeitung stand. Vielleicht hat man ja berichtet, als der Herr Brauereierbe in den Stand der Ehe trat.«

Sie suchte wieder ein wenig in dem auf dem Boden stehenden Karton, dann hielt sie triumphierend eine Mappe hoch. »Hier sind sie. Alles chronologisch geordnet. Mal sehen, ob da auch was von 1884 drin ist...« Sie blätterte ein wenig in den Zeitungsschnipseln herum, dann bemerkte sie, dass Karen wie auf Kohlen auf dem anderen Sessel saß. Mit einem entschuldigenden Lächeln reichte sie der jungen Frau den Blätterstapel.

Karen blätterte schnell eine Seite nach der anderen um, Frau Greiving langweilte sich offensichtlich. »Sie haben jetzt ja wahrscheinlich Ferien. Die Kinder haben ja alle Ferien, da haben die Lehrer ja sicher auch frei.«

Karen legte die Zeitungen auf ihren Schoß. Sie wusste, ihre Gesprächspartnerin würde erst einmal nicht locker lassen. »Ich bin aber keine Lehrerin.«

»Ach, nicht? Ich dachte, weil Sie jetzt ja freihaben in den Ferien.«

»Ich bin bei der Polizei.«

»Ach, bei der Polizei? – Ja, ist denn das etwas für eine junge Frau? Immer die Leute aufschreiben, die falsch parken?«

»Die Damen, die für die Verkehrsüberwachung zuständig sind, heißen zwar im Volksmund ›Politessen‹, aber in Wirklichkeit sind sie gar keine Polizeibeamtinnen. Ich bin bei der Kripo.«

»Bei der Kriminalpolizei? Ja, gibt es denn so was? Ich habe ja schon im Fernsehen gesehen, dass auch Frauen bei der Kriminalpolizei arbeiten, aber kennengelernt habe ich noch keine. Da sind Sie sicher bei der Sitte, nicht wahr?« Frau Greiving beugte sich neugierig vor.

Karen lächelte verbindlich und antwortete: »Nein, bei der Mordkommission.«

Frau Greiving schwieg für die nächsten Minuten, während Karen sich in Ruhe den Zeitungsausschnitten widmen konnte. Dann hörte sie die alte Frau leise sagen: »Dann ist es also wahr. Es gab einen Toten.«

»Was haben Sie gerade gemeint?«, fragte Karen nach.

»Nun ja, die Leute sagen, es hat einen Toten gegeben hat, unten am Eiskeller. Und dass die Polizei alles abgesperrt hat. Dann war es sicher ein Mord, wenn Sie deshalb da sind.«

»Frau Greiving, ich versichere Ihnen, dass ich rein privat hier bei Ihnen bin. Mich interessieren diese alten Sachen einfach.«

»Aber Sie waren auch beim Eiskeller wegen dieser Sache, nicht wahr? Wahrscheinlich dürfen Sie mir nur nichts darüber sagen?«

Karen sah amüsiert zu der Frau herüber. Offensichtlich gab diese nicht so schnell auf. »Nein, ich darf Ihnen nichts sagen.«

»Schade, ich kann schweigen wie ein Grab.« Die beiden Frauen schwiegen sich einen Moment lang an. Dann gab Karen auf. »Also gut, es gab einen Toten beim Eiskeller.«

»War es Mord?«

»Ehrlich gesagt, wir wissen es noch nicht so genau. Aber Sie brauchen sich keine Sorgen zu machen, der Mann ist schon vor sehr langer Zeit gestorben. Wahrscheinlich vor mehr als einhundert Jahren.«

»Dann ist der Tote sicherlich schon verwest und Sie haben nur das Skelett gefunden?«

Karen schwieg.

»Oh, er ist mumifiziert? Wie spannend.«

»Frau Greiving, ich darf Ihnen wirklich nicht mehr sagen.«

Der alten Dame gaben diese Antworten erst einmal zu denken. Karen sah sich weitere Zeitungsausschnitte an. Es dauerte eine ganze Zeit, bis sie sich darüber klar wurde, was ihre Gastgeberin eben leise gesagt hatte.

»Es könnte der Braumeister gewesen sein.«

Das Bild des rücksichtslosen Braumeisters aus ihren Träumen oder Zeitreisen stieg sofort in Karen auf. »Was haben Sie da eben gesagt?«

»Ich? Ich sagte, es könnte der Braumeister sein, den Sie gefunden haben. Der, der damals verschwunden ist.«

»Ich glaube, ich verstehe Sie nicht, Frau Greiving. Was für ein Braumeister ist verschwunden?«

»Ach, hier in den Zeitungsausschnitten. Irgendwo ist einer dazwischen mit einem Bericht, in dem steht, dass der Braumeister der Brauerei von heute auf morgen einfach verschwunden ist. Er war nämlich ein gemeiner Dieb. Wenn ich es richtig erinnere, fehlten Schmuckstücke, als er abgehauen war.«

»Wissen Sie, wann das ungefähr war?« Karen schien wie elektrisiert.

»Oh, das muss ganz zu Anfang gewesen sein. In den ersten Jahren, nachdem sie die Brauerei gebaut hatten.«

Karen fing an, den Stapel Zeitungsausschnitte von vorne durchzuarbeiten. Notizen über Grundstückskäufe,

Grundsteinlegung, vier Arbeiterhäuser sind geplant, Einweihung, erste Eisernte, Anstich des ersten Altenberger Bieres und dann:

Gemeiner Diebstahl

Der Brauereibesitzer Wesseling, hierselbst, wird von seinem Knecht bei seiner Morgentoilette gestört. Es sei niemand da, der die Eisernte überwache. Der Braumeister wäre nicht erschienen und in seinem Hause sei er auch nicht anzutreffen gewesen. Erstaunt über diese Nachricht machte sich der Herr Brauereibesitzer notgedrungen, trotz der erbärmlichen Kälte, selbst auf, die Eisernte zu beaufsichtigen, auf dass man auch im neuen Jahre in den Genuss des in Altenberge gebrauten Bayerischen Bieres komme. Gestört wird er am frühen Vormittag von der Magd, die aufgeregt berichtet, die Herrin könne ein edles goldenes Kreuz, besetzt mit Rubinen und anderen Edelsteinen, nicht mehr finden, das, dessen sei sie sich gewiss, gestern Abend noch in einem Schränkchen in der Stube gelegen habe. Nun ist es aber so, dass am gestrigen Abend ebenfalls besagter Braumeister Ludger Baakmann zugegen war, um über die bevorstehende Eisernte zu berichten. Und am folgenden Morgen fehlten eben beide, der Braumeister und das Kleinod. Es ist zu vermuten, dass der Lump nicht der Versuchung widerstehen konnte, sich zum Schaden der gnädigen Frau Brauereibesitzer zu bereichern. Die Bevölkerung wird aufgerufen, dem Halunken weder Unterkunft noch sonstige Hilfe angedeihen zu lassen. Stattdessen ist sofort die Präfektur zu benachrichtigen, wenn der Gauner gesehen wird. Bereits heute Nachmittag wird der

Polizeipräfekt aus Münster anreisen, um höchstpersönlich die Untersuchungen zu leiten.

Der Ausschnitt, den Karen laut gelesen hatte, war datiert vom 12. Februar 1863. Während der Lektüre war sie ziemlich blass geworden. Was ging hier vor? Die Notiz passte genau zu der gefundenen Leiche und zu ihren Träumen. Das vermisste Kreuz war höchstwahrscheinlich das, welches sich in dieser Sekunde, eingeschlossen in eine kleine, unscheinbare Plastikschachtel, in ihrer Jackentasche im Flur befand. Ludger Baakmann! Carolina und auch der Brauereibesitzer hatten den Braumeister Ludger genannt. Wie konnte es sein, dass sie den Namen eines vor fast hundertfünfzig Jahren Verstorbenen wusste, geträumt oder gehört hatte? Und wieso wurde sie in diese mysteriöse Geschichte hineingezogen?

Frau Greiving starrte sie an. Karen versuchte, sich zu fassen.

»Sie könnten recht haben. Vielleicht ist die gefundenen Leiche tatsächlich der Braumeister. Bitte reden Sie mit niemandem darüber, bis wir vollkommene Klarheit haben. Kann ich die Sachen vielleicht mitnehmen?«, fragte sie.

»Aber gern. Ich möchte sie nur irgendwann wiederhaben, wenn es geht«, sagte die alte Dame. »Das Kreuz! Ich glaube, ich weiß um welches Kreuz es ging. Ich habe hier noch ein paar uralte Fotos, und da habe ich irgendwo mal ein Kreuz gesehen.« Sie wühlte bereits wieder in ihrem Karton. »Außerdem ist da auch noch ein Foto von einer Hochzeitsgesellschaft, mal sehen, wer das eigentlich war.«

Die beiden Frauen machten sich über eine Fotosammlung her. Die alte Dame nahm eine Lupe zu Hilfe, um sich die

Details besser ansehen zu können. »Das hier können aber unmöglich die Originale sein«, bemerkte Frau Greiving. »Früher hat man ja Platten benutzt und hier sind Schwarz-Weiß-Fotos. Ich nehme an, dass die irgendwann mal jemand abfotografiert hat.«

Nach einiger Suche fand Frau Greiving das Bild, von dem sie gesprochen hatte. Auch wenn Karen in den letzten Tagen schon sehr viele außergewöhnliche Dinge erlebt hatte, traf das Foto sie wie ein Hammerschlag. Die Personen sahen aus, als wären sie gerade ihren Träumen entstiegen. Frau und Herr Wesseling hatten sich vor dem Portal der Brauerei aufgebaut und offensichtlich geduldig gewartet, bis das Bild im Kasten war. Über der hochgeschlossenen Bluse der Frau ruhte ein juwelenbesetztes Kreuz an einer schweren Kette.

»Sehen Sie«, sagte Frau Greiving triumphierend, »es könnte dieses Kreuz gewesen sein, das der Braumeister geklaut hat. Aber weit scheint er ja damit nicht gekommen zu sein.«

»Nein«, stimmte Karen zu. »Weit scheint er nicht gekommen zu sein.«

Frau Greiving nahm das Foto wieder an sich und drehte es um. Mit der Lupe entzifferte sie eine Notiz, die jemand darauf geschrieben hatte. »›Das Brauereibesitzerehepaar Wesseling, ca. 1862‹, mehr steht hier nicht. Na ja, dann wissen wir wenigstens, dass es sich um die Wesselings handelt und dass das Kreuz mit ziemlicher Sicherheit das damals verschwundene ist. Wissen Sie, streng genommen wäre es jetzt meins. Oder vielleicht das einer meiner vielen Cousinen. Es gab viel Schmuck in der Familie aus alten Zeiten, aber im

Krieg ist ja auch so viel verschwunden. Aber die Wertgegenstände, die aus dem Vermögen der Brauerei stammen, haben wir immer innerhalb der Familie weitergegeben. Schmuck, Bilder, alte Bücher. Das ist jetzt alles überall verteilt unter der ganzen Verwandtschaft. Soweit ich weiß, ist dieses Kreuz aber niemals aufgetaucht.«

Karen hatte ein schlechtes Gewissen. Sollte sie der Frau, die sie so überaus nett empfangen hatte, von ihrem Fund erzählen?

»Es gibt auch noch ein Foto von einer Hochzeit. Vielleicht bringt uns das Hochzeitsbild ja etwas weiter. Hier ist es schon.« Stolz reichte Frau Greiving Karen das Bild. Ein Hochzeitsfoto wie tausende andere auch, die Braut in Weiß, den Brautstrauß vor der Brust, der Bräutigam im schwarzen Frack, stolz und aufrecht daneben. Die Notiz auf der Rückseite war eindeutig: ›Hochzeit Wilhelm Wesseling und Gemahlin Henriette Bernardine Wesseling, geb. Ahlers.‹

Karen lehnte sich zufrieden zurück, die Spur, die sie verfolgt hatte, hatte sich als richtig erwiesen. Carolinas Tochter hatte tatsächlich den Sohn der Wesselings geheiratet. In den nächsten Tagen wollte sie versuchen, die weitere Linie dieser Familie genauer zu erforschen und insbesondere hoffte sie, etwas über das Schicksal von Carolina zu erfahren. Aber für heute war es schon sehr spät geworden, sie musste auf die alte Dame Rücksicht nehmen. Gerade als sie sich bedanken und verabschieden wollte, hielt ihr Frau Greiving ein weiteres Foto vor die Nase. »Sehen Sie mal, ist die nicht süß?«

Das Foto zeigte ein kleines Mädchen im Kommunionskleidchen. Und dieses Bild zog Karen jetzt vollends in den Bann. Sie sah es sich lange an und drehte es dann um. Auch hier hatte sich die Bewahrerin der Fotos die Mühe gemacht und es beschriftet.

›Kommunion Antonia Bernardine Wesseling, 8. Mai 1892.‹ Karen konnte deutlich die Gesichtszüge Carolinas in dem kleinen Mädchen erkennen.

Doch der Grund, weshalb sie von genau diesem Foto so fasziniert war: Dieses Bild besaß sie selbst. In einem alten Fotoalbum, das ihre Mutter für sie zusammengestellt hatte, war es neben vielen anderen säuberlich in kleine Fotoecken gesteckt worden. Und sie wusste genau, wen sie da vor sich hatte und warum ihr der Name Wesseling entfernt bekannt vorgekommen war. Das Foto war das älteste, das sie in dem alten Bildband hatte. Und es stellte ihre Urgroßmutter dar, Antonia Bernardine Berning.

Der Geburtsname ihrer Uroma war, wie Karen sich jetzt dunkel erinnerte, tatsächlich Wesseling gewesen! Carolina war die Oma Antonia Bernardines. Karen konnte es zunächst nicht glauben, aber die Frau, deren Leben sie auf so unglaubliche Weise in den Bann gezogen hatte, war ihre Ur-Ur-Urgroßmutter.

17. Oktober, abends

Karen hatte sich von Frau Greiving verabschiedet, ohne noch groß mit ihr über ihre Entdeckung zu reden. Sie versprach, in den nächsten Tagen noch einmal vorbeizukommen. In ihrer Wohnung holte sie zuerst das alte Fotoalbum aus dem Schrank und besah sich das Bild ihrer Urgroßmutter. Kein Zweifel, es war das gleiche, das sie vor etwa einer Stunde in Altenberge gesehen hatte.

»Kann das alles wahr sein?«, fragte sie sich. Sie blätterte weiter in dem Album. Fotos ihrer Großeltern, die meisten stocksteif aufgestellt für den Fotografen. Doch diese Bilder und Gesichter waren ihr vertraut. Die Ähnlichkeit ihrer Großmutter mit Carolina war verblüffend. Es klingelte.

»Was hast du Leckeres gekocht?«, fragte Peer und nahm Karen in die Arme.

»Peer«, konnte sie noch sagen, bevor ihre Münder sich zu einem langen Kuss fanden. Hansen hob sie hoch und trug sie zum Sofa. Die Tür schloss er mit einem wohldosierten Fußkick. Es dauerte eine ganze Zeit, bis die beiden voneinander ablassen konnten.

»Ich hatte dich noch nicht erwartet«, meinte Karen etwas atemlos.

»Es ist fast sieben Uhr«, erwiderte er. »Da hat man auch als Polizist normalerweise Feierabend.«

»Es ist schön, dass du da bist.« Sie gab ihm noch einen Kuss. »Aber ich habe völlig vergessen, etwas zu kochen. Ich weiß, ich habe es versprochen, aber heute war so viel los.«

Karen berichtete Peer, was sie bei Frau Greiving herausgefunden hatte. Sie zeigte ihm das alte Foto ihrer Urgroßmutter.

»Du stammst also direkt von dieser Caroline ab, von der du mir erzählt hast. Sie ist faszinierend, die ganze Geschichte. Vielleicht tatsächlich so etwas wie Seelenwanderung oder Ähnliches. Wir könnten Gregor fragen, der liest reichlich parapsychologische Sachen, Esoterikkram und Sagen untergegangener Völker. Vielleicht hat er so etwas schon mal gehört.«

»Ich weiß nicht, Peer. Ich bin mir so unsicher. Nachher haltet ihr alle mich für durchgeknallt.«

»Ich bestimmt nicht. Aber du musst dir irgendwie überlegen, wie du damit zukünftig umgehen kannst. Wir könnten morgen zum Beispiel mal gucken, ob wir in der Buchhandlung irgendwas finden, über Seelenwanderung, Wiedergeburt oder so. Vielleicht hilft das ja.«

»Ich würde Carolina so gerne helfen. Sie wird von diesem Ludger wirklich bedrängt«, sagte Karen traurig. Dann lachte sie auf. »Aber das ist natürlich Quatsch, was geschehen ist, ist geschehen. Komm, ich wollte dir etwas kochen, jetzt lade ich dich zum Essen ein. Keine Widerrede.«

Peer fügte sich. Das Taxi brachte sie in das La Corrida. Dorade in Salzmantel, dazu ein Glas Rioja.

»Roter Wein zu Fisch?«, hatte er gefragt.

»Wenns schmeckt«, meinte Karen. Nach dem Essen entschieden sie sich für einen ausgiebigen Spaziergang durch Münster. Die Nacht war klar, für Oktober mit über zehn Grad fast warm.

»Wirst du wieder rübergehen?«, fragte Peer unvermittelt. Offensichtlich hatte er ihre Ausflüge in die Vergangenheit akzeptiert.

»Ich weiß es nicht«, sagte sie nach einiger Überlegung. »Es ist so eine skurrile Situation, fast wie aus einem Roman. Ich weiß, dass es totaler Quatsch ist, aber ich fühle mit Carolina. Ich habe den Eindruck, sie braucht mich irgendwie. Ist das nicht verrückt? Peer, hältst du mich für verrückt?« Sie blieb stehen und sah ihn traurig an.

»Nein, du bist nicht verrückt. Ich weiß zwar auch nicht, was da mit dir passiert, aber du bist vollkommen zurechnungsfähig. Vielleicht gibt es ja wirklich Dinge zwischen Himmel und Erde, die wir nicht erklären können. Oder noch nicht erklären können.« Sie gingen weiter. Plötzlich sagte Karen unvermittelt:

»Nein, ich werde nicht wieder rübergehen. Ich muss im Hier und Jetzt leben. Und ich kann ihr sowieso nicht mehr helfen, was immer auch damals geschehen sein mag.« Peer nahm Karen fest in den Arm, bis sie bei ihrer Wohnung angekommen waren.

In dieser Nacht liebten sie sich heiß und innig, angestrengt, als ob es kein Morgen geben würde. Erschöpft und verunsichert über ihre Zukunft schliefen beide ein.

»Wo bleiben Sie? Mutter braucht Ihre Hilfe!« Karen hatte die Stimme ganz deutlich im Traum gehört. Es war Bernard, der sie dringend gerufen hatte. Sie war hellwach, der Blick auf die Uhr verriet ihr, dass es kurz nach vier Uhr war. Sie könnte es schaffen. Peer atmete ruhig und gleichmäßig, als sie ihre Beine über die Bettkante schwang. ›Verzeih mir, ich muss zu ihr‹, dachte Karen, als sie geräuschlos das Zimmer verließ. Wenige Minuten später hatte sie ihr Auto, das sie wie immer irgendwo am Straßenrand geparkt hatte, gefunden und befand sich auf dem Weg nach Altenberge.

Peers Hand griff ins Leere. Er fühlte Karens Wärme unter der Decke. Die seidig glatte Haut, auf die er gehofft hatte, war nicht dort. Nach einigen Sekunden schlug er die Augen auf und blickte zum Wecker. Vier Uhr dreißig.

Mit einem Fluch fuhr er auf und stieg aus dem Bett. In wenigen Augenblicken war er angezogen und aus dem Haus geeilt. Hansen wusste genau, wohin er musste. Auch wenn es kein offizieller Einsatz war, ließ er dennoch das Seitenfenster herunter und setzte den Kojak auf das Dach. Wenn jemand bemerkte, dass er das Blaulicht ohne Einsatz verwendete, würde er höllischen Ärger kriegen. Auf dem Parkplatz vor dem Eiskeller sah er Karens Golf. Doch das Siegel an der Tür war unverletzt. Ein Zivilfahnder kam auf ihn zu.

»Mensch Hansen, du bists? Was machst du denn hier? Mitten in der Nacht? Mit Kojak?« Er zeigte auf die kleine magnetische Warnlampe, die auf Hansens Autodach klebte.

»Wieso steht der Golf hier?« Hansen zeigte auf Karens Auto.

»Weiß nicht. Hat wahrscheinlich jemand hier geparkt. Hab ich nicht drauf geachtet. Du weißt ja, ich bin eingesetzt, um zu checken, wer hier alle paar Tage die Frechheit besitzt, ein polizeilich versiegeltes Gebäude zu betreten. Nur deshalb kleben wir abends die Siegel überhaupt noch dran. Aber, wie du siehst, heute war noch keiner da.«

Hansen überlegte. Diskussionen mit dem Schwätzer wollte er nicht eingehen, aber wo war Karen? Ein Gedanke stieg in ihm auf, dann rannte er die Böschung hinunter.

»Hey, hat dich was gestochen?«, rief sein Kollege hinter ihm her. Peer hörte ihn schon gar nicht mehr. Ihm war eingefallen, dass Karen neulich von einem Nebeneingang gesprochen hatte, der auf den Borndalsweg heraus ging. Eine doppelflügelige Metalltür unterbrach die Regelmäßigkeit der Ziegelmauer. Das einfache Schloss war offensichtlich aufgehebelt worden. Hansen zog seine Dienstwaffe und öffnete vorsichtig das Tor, dann schlüpfte er hinein und suchte im Dunkel der Innenwand Deckung. Stille! Nach einem Moment hörte er, wie sich irgendwo in dem Gebäude jemand bewegte.

»Karen?«, rief er.

Das Geräusch verstummte für einige Sekunden, dann war es wieder da. Das Knarren, als jemand sich vorsichtig über alte Dielenbohlen bewegte. Er erinnerte sich, dass sich in dem historischen Eiskeller uralte Eichendielen befanden. Er beschloss, die schulbuchmäßige Vorsicht über Bord zu werfen und schaltete seine Taschenlampe ein. Dann sah er den Lichtschalter und drückte ihn. Leuchtstoffröhren flackerten auf und tauchten den Raum in ein kaltes Licht, das nach der nahezu kompletten Dunkelheit deplatziert wirkte. »Karen«, rief er noch mehrmals.

Als er am Eingang des neu entdeckten Kellers stand, sah er sofort: Hier war das Absperrband zerrissen. Ein Lichtschein flackerte im Inneren des Raumes. »Karen?«

»Peer, bitte bleib weg! Es tut mir leid«, hörte er sie rufen. Der Schall wurde von den nackten Ziegelwänden ins Unwirkliche verzerrt. In gleichen Augenblick flackerte das elektrische Licht noch kurz auf, dann war es verloschen. Peer drückte sich instinktiv an die Wand und löschte auch seine Taschenlampe. Er wartete einige Sekunden ab, doch nichts war zu hören. Das Licht ging mit dem für Leuchtstoffröhren typischen Summen wieder an. Routinemäßig sah er auf die Uhr. Gerade fünf Uhr durch. Er wusste nicht, ob das wichtig wäre.

»Karen?«, rief er in das Dunkel des neuen Gewölbes, aber es kam keine Antwort. Seine Geliebte, die er noch vor einigen Momenten laut und deutlich gehört hatte, schien wie vom Erdboden verschluckt.

Innerhalb einer Stunde war sein Team da. Sie alle waren es gewohnt, mitten in der Nacht zu einem Tatort gerufen zu werden. Doch hier gab es keine Leiche, kein erkennbares Verbrechen. Außerdem hatten sie hier alles schon vor einigen Tagen untersucht. Ihr Chef verlangte dennoch von ihnen, das gesamte Gewölbe äußerst gründlich auseinanderzunehmen. »Es muss irgendwo einen Ausgang geben«, beharrte er. Sie bauten jede Menge Licht auf. Die Wände wurden mit Wärmebildkameras untersucht, spezielle Detektoren prüften ab, ob irgendwelche eintretenden Gase Hohlräume verraten würden.

Nach sechs Stunden brachen sie die Untersuchung ergebnislos ab.

»Hier ist nichts, Hansen. Nicht hinter den Wänden, nicht unter dem Boden, nicht in der Decke. Dieser Raum hat genau einen Eingang und durch den sind wir alle hier rein gekommen.«

Hansen wollte es nicht verstehen. Karen hatte sich definitiv in dem Kellerraum befunden und in der kurzen Zeit der Dunkelheit, als die Lampen im oberen Gewölbe verloschen waren, konnte sie unmöglich an ihm vorbeigehuscht sein. Missgelaunt entließ er seine Leute und ging nach Hause. Er ahnte, dass er Karen zumindest heute nicht mehr wiedersehen würde. In whiskytrüber Stimmung ging der Tag zu Ende.

In den letzten Sekunden hatte sie sich schon verfolgt gefühlt. Als sie dann die Schritte vernahm, kamen sie ihr bekannt vor. Hansens Ruf brachte dann die letzte Klarheit, wer ihr auf den Fersen war. Im ersten Moment hatte sie den Gedanken, er sollte sie in Ruhe lassen, ihr nicht nachspionieren. Aber es war ihr gleich danach klar geworden, dass sie ungerecht war. Sie hätte genauso gehandelt. Doch sie wollte ihn nicht dabeihaben.

Karen kannte den kommenden Ablauf mittlerweile genau. Das Licht flackerte und verlosch. Eine alles umfassende Stille breitete sich aus. Von Hansen keine Spur, offensichtlich hatte er es nicht mehr in das Gewölbe geschafft, als der Zeitsprung einsetzte. ›Zeitsprung? Du spinnst!‹, schalt sie sich. Und dennoch war ihr bewusst, dass sie sich wieder im vergangenen Jahrhundert befand. Es gab keine andere Möglichkeit. Sie entzündete ein Streichholz und damit Peers Kerzenstummel. In dem schummrigen Licht stieg sie die einfache Leiter empor und gelangte in den oberen Kellerraum, in dem sie eben noch Peer hinter sich gespürt hatte. Sie erreichte auf dem gewohnten Weg den Gärkeller mit der dahinterliegenden

Wendeltreppe. Den intensiven Geruch würde sie niemals wieder vergessen. Durch die kleine, hölzerne Tür trat sie in den Innenhof der Brauerei. Ein eisiger Wind strich über den Hügel und türmte den trockenen Schnee zu hohen Wehen auf. Die Sonne schien bereits vor einiger Zeit untergegangen zu sein, doch der Himmel war wolkenlos und der Mond reichte aus, um die Gegend zu erleuchten. Der mehrere Zentimeter hohe Schnee schluckte jedes Geräusch, das eventuell aus dem Dorf den Hügel heraufschallen wollte. Nur das Pfeifen des Windes um die Ecken der Brauereigebäude zerstörte die unwirkliche Stille.

Karen zog ihren Mantel dicht um sich. In der Ferne sah sie Licht im Fenster des kleinen Arbeiterhauses, das Carolina bewohnte. ›Wenn dieser Kerl sie nicht rausgeschmissen hat ...‹, dachte sie wütend. ›Wie kann man einer schwangeren Witwe so etwas antun?‹ Von dem Hügel, auf dem die Brauerei stand, glitt ihr Blick hinunter auf den Friedhof, auf dem sie das erschreckende Erlebnis mit Bernards Geist gehabt hatte. Ihr fröstelte bei dem Gedanken. Eine gebeugte Figur kam gerade durch das schmiedeeiserne Tor des Gottesackers. Mühsam kämpfte sie sich gegen den Wind den Hügel empor. ›Carolina!‹

Karen beobachtete die zarte Frau. Unendliches Mitleid ergriff sie. Jetzt, wo sie herausgefunden hatte, dass Carolina eine ihrer direkten Vorfahren war, hatte sie das Gefühl, als würde ein unsichtbares Band sie verbinden.

Die ganz in schwarz gekleidete Frau hatte schon fast ihr Haus erreicht, als ein kräftiger Mann auf sie zugestürmt kam. Der Wind frischte auf und trug sein Geschrei mit sich. Karen konnte nicht verstehen, was er wollte, aber sie sah durch den aufstiebenden Schnee, dass Carolina sich schüttelte und offensichtlich weinte. Sie lief auf die beiden zu.

»Das, das kann der Herr nicht gemeint haben«, hörte sie die Frau schluchzen.

»Der Herr hat mir die Vollmacht über die ganze Brauerei gegeben. Ich bin verantwortlich dafür, dass hier etwas geschafft wird. Die Hütten sind für Arbeiter, und du bist keine Arbeiterin. Ich habe es dir hundert Mal angeboten: Komm zu mir! Tu dich mit mir zusammen, und du wirst es gut haben.«

»Ludger, du hast mich doch geliebt. Früher. Lass mich um dieser Liebe willen hier wohnen bleiben. Lass mir die Erinnerung an Henrich und mein Kind, Bernard. Bitte!« Sie fiel vor dem kräftigen Braumeister auf die Knie. Grob riss er sie empor.

»Du warst es, die meine Liebe nicht erhört hat. Wie kannst du es wagen, dich jetzt darauf zu berufen? Du weist mich sogar immer noch zurück! Und lass mich in Ruhe mit deinem unnützen Pack. Sie waren schwach. Es hat dem Herrn gefallen, sie zu sich zu rufen. So sagt der Pfaffe das wohl immer, oder nicht? Soll er sich meinetwegen mit diesen schwächlichen Taugenichtsen umgeben, der Herr! Meinetwegen! Aber hier, auf Erden, hier zählen andere Gesetze. Hier zählt, wer was ist und wer was kann.«

Stolz und wütend sah der Mann auf Carolina herunter. Sie bekreuzigte sich. »Du versündigst dich. Rede nicht gegen Gott, Ludger. Geh zum Pfarrer, beichte deine Verfehlung.«

Gehässig sagte er: »Ach Gott! Ja, den ruft ihr immer an, wenn ihr in Not seid. Aber der hat euch bisher nicht wirklich geholfen, oder etwa doch? Beichten? Ich sage dir was, du wirst mir jetzt helfen. Wenn du wohnen willst, musst du auch arbeiten. Komm!« Grob stieß er Carolina in Richtung der Brauerei. Sie fiel in den Schnee, sofort zog er sie wieder hoch und schubste sie weiter.

»Komm, nicht ausruhen! Wir haben zu tun. Wegen deinem Gesindel haben wir das Eis nicht ernten können, bevor das Wetter umschlug. Jetzt werden wir auch nicht mehr genug bekommen, um alle Speicher zu füllen. Wir müssen den neuen Keller stilllegen bis zum nächsten Jahr. Du wirst mir helfen, ihn zuzumauern. Morgen früh wird geerntet, bis dahin müssen wir fertig sein.« Erneut riss er Carolina grob empor. »Komm, mein Täubchen, ausruhen kannst du dich morgen.«

»Aber Ludger, ich kann dir doch nicht helfen. Das ist Arbeit für einen Mann. Ich kann das doch nicht! Ich kann doch nicht mauern!«

»Du wirst es lernen. Du willst wohnen wie ein Mann, dann arbeite auch wie ein Mann. Komm!« Erneut stieß er Carolina den Hügel empor.

Karen stürzte zu den beiden und schrie: »Lassen Sie die Frau in Ruhe! Sie bekommt ein Kind!« Ludger reagierte überhaupt nicht. Als sie versuchte, ihn an der Schulter zurückzureißen, spürte sie wie schon einmal zuvor, wie ihre Finger durch Haut, Muskeln und Knochen des Mannes glitten, ohne dass sie etwas bewirken konnte. Verdutzt strich der Braumeister über seinen Oberarm. Offensichtlich hatte er zumindest etwas bemerkt. Erschüttert wegen ihrer Ohnmacht kamen Karen die Tränen.

»Pass auf, dass du dir nicht die Knochen brichst auf der Treppe«, hörte sie den Mann bellen. Schluchzend verschwand Carolina hinter der kleinen Tür, die zu der Wendeltreppe führte. Donnernd schlug die Tür zu, nachdem auch der Braumeister mit eingezogenem Kopf den Verschlag betreten hatte.

Karen hatte sich mittlerweile wieder gefasst und zog zaghaft die Tür auf. ›Wozu die Vorsicht? Er sieht mich sowieso nicht.‹ Sie stieg jetzt schnellen Schrittes hinter den beiden her. Fahles Licht kam von einer Kerze, die in einem Halter an der Wand vor sich hin flackerte. Carolina und ihr Peiniger befanden sich in dem oberen Eiskeller, der durch zwei Petroleumlampen erleuchtet war.

»Los, Wasser! Hol Wasser! Da, die beiden Eimer voll.« Ludger zeigte auf zwei große hölzerne Behälter. Immer noch stoßweise atmend nahm Carolina einen der Eimer auf und machte sich auf den Weg zum Gärkeller. Karen stand an der Plattform, an der die Sprossenstiege endete. Carolina ging direkt an ihr vorbei, ohne sie zu sehen. Momente später kam sie bereits zurück, einen Eimer voll Wasser mit beiden Händen schleppend. Mühsam stieg sie die Leiter hinab, bemüht, nichts zu verschütten.

»Was, nur einen Eimer? Bist du auch schon so faul geworden wie deine Männer? Los, hol den zweiten!« Teilnahmslos nahm Carolina auch den zweiten Eimer auf und ging nochmals los. Offenbar hatte der Braumeister ihren Widerstand bereits gebrochen. »Beeil dich!«, rief Ludger ihr nach. Karen ballte ihre Hände zu Fäusten. Sie war innerlich aufgewühlt und wütend wie nie zuvor, ihre Hilflosigkeit zerrte an ihren Nerven. Wie konnte der Mann diese zarte Frau nur so behandeln? Wieso ließ sie sich das gefallen? Die Antwort auf diese letzte Frage konnte Karen sich selber geben. Sie ahnte, dass damals die Frauen mehr oder weniger hilflos der Willkür einzelner Männer ausgeliefert waren, insbesondere, wenn sie niemanden hatten, der an ihrer Seite stand.

Ludger hatte zwischenzeitlich eine Karre aus einem Nebenraum geholt, auf der etliche Steine und ein Eimer mit einem gräulichen Pulver verstaut waren. In einer Tonne, die Karen vorher nicht bemerkt hatte, war Sand. Der Braumeister schaufelte schnell einige Schippen Sand auf den Fußboden und mischte aus dem Pulver, dem Sand und etwas Wasser einen Mörtel zusammen. Dann nahm er den ersten Stein in die Hand und setzte ihn in die Maueröffnung.

Carolina kam zurück, schwer atmend und bereits am Ende ihrer Kräfte. Sie stellte den Eimer ab, dabei schwappte Wasser auf die von Ludger angemischte Masse.

»Du Trampel!«, polterte er los. »Bis morgen muss der Durchbruch dicht sein, hat der Herr gesagt. Und du hast nichts Besseres zu tun, als den Mörtel zu verdünnen. Du bist für keine Arbeit zu gebrauchen, genau wie deine Männer. Komm her!« Er packte Carolina grob am Arm und drehte ihn nach hinten. Karen hielt die Luft an. Wie konnte sie tatenlos dabeistehen, wenn ein Mann eine Frau misshandelte?

»Lass sie in Ruhe!«, schrie Karen, obwohl sie wusste, dass beide sie nicht hören konnten. Hilflos sank sie an der Wand auf den Boden und hielt sich die Hände vor die Augen. ›Wieso muss ich mir das ansehen? Carolina, was tut er dir an? Ich bin nur ein Geist, kann nicht eingreifen.‹ Tränen der Hilflosigkeit liefen ihre Wangen hinunter.

»Los, rein da«, schrie Ludger und zwängte Carolina mit nach hinten gebogenem Arm in die Maueröffnung. »Ludger, nicht!«, kreischte sie vor Angst. »Es ist tief!«

»Da ist eine Leiter, du Trampel! Halt dich fest oder stürz hinab, mir ist es egal!«

Carolina fasste das Ende der Leiter und stieg zitternd in die Dunkelheit hinab. Ludger folgte ihr, eine kleine Petroleumlampe in der Hand. Karen konnte nicht anders: Fast zwanghaft schaute sie durch das Mauerloch und stieg dann ebenfalls die hölzerne Stiege hinab. Sie sah, wie die beiden sich sekundenlang gegenüberstanden, Carolina schlotternd vor Angst.

»Was willst du, Ludger?«, fragte sie ängstlich.

Triumphierend sah er sie an. »Hast Angst, was? Was glaubst du, was ich will?« Dann spuckte er vor ihr auf den Boden. Die Furcht in Carolinas Augen war sogar in der nur von der kleinen Lampe erhellten Dunkelheit sichtbar. »Zieh dich aus!« Die Worte trafen sie wie ein Peitschenhieb, sie wich einige Schritte zurück. »Los, mein Täubchen, zieh dich aus. Mir entkommst du nicht noch einmal.« »Ludger, was redest du? Was redest du? Um Gottes willen, was verlangst du?«

Grinsend öffnete er seinen Gürtel und zog langsam das Lederband aus den Schlaufen. »Nun, ich denke, du weißt, was ich rede. Und was ich will. Ist ja nicht das erste Mal für dich, nicht wahr? Zieh dich aus!«

Carolina sank auf die Knie und erhob die Hände zu ihrem Peiniger. »Das kann nicht dein Ernst sein. Ludger! Gott vergebe dir deine Gedanken.« Karen konnte es nicht ertragen, die hilflose Frau auf dem Boden zu sehen und selbst überhaupt keine Möglichkeit zu haben, auch nur irgendwie einzugreifen. Sie bemerkte gar nicht mehr, wie sie selbst auf den Braumeister einschrie und versuchte, ihn zurückzureißen. Ein Knall zerriss die Luft. Ungläubig fasste Carolina sich an den Hals. Ein roter Streifen zeichnete sich ab.

»Willst du mehr?«, fragte Ludger gehässig und holte noch einmal mit dem Gürtel aus. Der nächste Schlag traf die zierliche Frau auf den Rücken.

»Ludger, ich flehe dich an! Halte ein! Ich erwarte ein Kind, Ludger. Wie kannst du so etwas wollen?«

Einen Moment war es still. »Ein Kind?«, schrie der Mann auf. »Ein Kind! Von diesem Nichtsnutz? Ach, es ist mir egal, niemand wird je wieder von euch etwas hören!« Er riss Carolina grob am Ärmel. Der Stoff zerriss, die Knöpfe ihrer Bluse platzten auf und gaben den Blick auf ihr Mieder frei. »So kommen wir weiter«, sagte Ludger zufrieden.

»Lass ab, ich werde nichts verraten«, machte Carolina einen letzten Versuch. Ein Schlag mit dem Handrücken in ihr Gesicht ließ sie verstummen.

Erstarrt beobachtete Karen, wie die Frau langsam aufstand und schlotternd vor Angst an ihrer Bluse nestelte. »Ich werde dich dafür immer hassen, Ludger«, sagte sie mit gebrochener Stimme, während sie den nächsten Knopf öffnete. »Sie werden dich hängen, wenn ich dem Schulzen berichte.«

»Gar nichts wirst du berichten! Du bleibst hier, hier in diesem Keller. Du und dein Blag. Aber erst wirst du mir zu Willen sein!«

Karen zog ihre Pistole aus der Tasche. Sie zielte auf das Bein des Braumeisters, wie sie es gelernt hatte, um einen Angreifer zu stoppen. »Lassen Sie die Frau in Ruhe! Heben Sie die Hände!« Aber der Angesprochene hörte sie nicht, auch von Carolina gab es keine Reaktion. Die Kriminalpolizistin wusste eigentlich genau, dass sie jetzt versuchen musste, den Aggressor durch einen Warnschuss zu stoppen. Allerdings hatte sie in diesem Moment eine unbändige Wut ergriffen und ihre Ausbildung vergessen lassen. Der Lauf der Waffe wanderte etwas tiefer und richtete sich auf das Knie des Mannes. Karen schloss für Sekundenbruchteile die Augen und drückte ab. Sie fühlte, wie der Abzug den geringen Widerstand überbrückte und sie wusste, dass jetzt der Hammer die Explosion auslösen würde, die das Projektil auf mehrfache Schallgeschwindigkeit beschleunigte. Unwillkürlich spannte sie sämtliche Hand- und Armmuskeln an, um den Rückstoß aufzufangen. Nichts geschah. Die Waffe der Neuzeit hatte in der Vergangenheit keine Wirkung. Wütend schleuderte sie die Pistole gegen die Wand, Funken stoben auf, als das Metall die Ziegelmauer traf.

›Ich beobachte eine Vergewaltigung. Vielleicht sogar einen Mord! Und ich bin unfähig, es zu verhindern!‹ Karen wurde fast wahnsinnig. Verzweifelte Gedanken jagten durch ihren Kopf und verursachten Kopfschmerzen, als ein Schrei sie aufhorchen ließ.

»Tun Sie doch etwas! Um Gottes willen, retten Sie meine Mutter!« Was Karen sah, bestärkte sie in dem Vorhaben, endgültig verrückt zu werden. Der graublasse Schatten Bernards glitt durch die Maueröffnung. Seine Figur schien sich seit der Erscheinung auf dem Friedhof weiter verfestigt zu haben, entsprach aber dennoch genau der Vorstellung, die Karen von einem ruhelosen Geist hatte.

Offensichtlich hatten auch die beiden Menschen in dem Keller das Geschrei Bernards gehört oder gespürt, jedenfalls schienen beide aufzuhorchen. Konnten die beiden Geister, Bernard aus dem Totenreich und Karen aus der Zukunft, wirklich die lebenden Menschen erreichen?

»Der Wind«, meinte Ludger nach einer Schrecksekunde, doch seine Stimme klang trocken und rau. »Spielt einem so manchen Streich hier unten. Los, mach weiter. Da sind noch ein paar Knöpfe.«

»Ich kann ihr nicht helfen, ich bin so machtlos in dieser Zeit«, rief Karen verzweifelt dem toten Kind zu. »Ich kann ihr nicht helfen! Ich gehöre einfach nicht hierher!« Jetzt weinte sie hemmungslos. Die Beobachtung dieses Verbrechens ließ alle Werte, die sie sich im Laufe ihres Lebens zu eigen gemacht hatte, wie Hohn und Spott erscheinen. Carolina öffnete derweil den nächsten Knopf. Dabei ging sie langsam rückwärts. Der aufgegeilte Braumeister verfolgte jede ihre Bewegungen, der Gürtel schwang locker in seiner Hand.

Der Geist Bernards stürzte sich auf Ludger, aber seine Hände glitten genauso durch den Körper des Angreifers hindurch, wie Karen es bei sich selbst beobachtet hatte. Auch er war nur wie ein Gedanke, ohne Macht in der Gegenwart, an der er keine Teilhabe mehr hatte.

Carolina versuchte, den nächsten Knopf zu öffnen, aber ihre Finger zitterten zu stark. »Ludger ...«, wagte sie noch einen Versuch. Sie wurde sofort unterbrochen.

»Ich helfe dir«, rief er und zerriss mit beiden Händen die Bluse. Die weißliche Haut ihres Dekolletés sowie ihrer Arme schimmerte im Halbdunkel des Gewölbes.

»Siehst du, so gehts. Nicht immer so zaghaft, wie ihr Weibsbilder seid!« Carolina wich weiter langsam zurück.

»Ludger, sie werden dich suchen und zur Strecke bringen. Lass ab! Bete! Lass mich gehen, ich werde dir verzeihen!« Zaghaft und vorsichtig versuchte sie, an ihrem Peiniger vorbeizukommen.

Er lachte auf. »Niemand wird mich suchen. Und niemand muss mir die Beichte abnehmen. Und vor allem, mein Schätzchen, niemand wird dich suchen.« Brutal fasste er Carolinas Handgelenk und zwang sie mit einer scheinbar spielerischen Geste zurückzuweichen.

»Frau Wesseling will mich morgen besuchen. Sie wird mich suchen lassen«, sagte die Frau mit zitternder Stimme.

»Glaub mir, Schätzchen. Niemand wird dich suchen. Wer sollte es tun?« Er folgte ihr langsam in die Ecke des Kellers, in die sich Carolina zurückgezogen hatte. »Der nichtsnutzige Polizeidiener vielleicht? Der hat nach zwei Stunden in der Kälte genug.«

»Frau Wesseling! Und der Pfarrer! Sie werden mich vermissen.«

»Keiner vermisst eine Diebin! Eine, die ihrer Herrin ein goldenes Kreuz gestohlen hat. Eine, die in die Hand beißt, die sie füttert!« Er zog das edelsteinbesetzte Kreuz der Brauereibesitzerin aus seiner Tasche und hielt es in die Höhe. Carolina starrte es ungläubig an. »Siehst du, mein Schatz. Wer sollte dich suchen? Du stiehlst erst deiner Herrin, die immer so gut zu dir war, dieses wertvolle Kreuz und machst dich dann aus dem Staub. Glaub mir, auch Frau Wesseling wird nicht lange nach dir suchen lassen. Dann müsste sie dich nämlich hängen sehen und dafür ist sie viel zu gutherzig. Aber du und dein – dein Blag, das du in dir trägst, ihr werdet dieses Gewölbe nicht wieder verlassen. Ich werde nachher, nachdem du mir zu Willen warst, den Eingang verschließen und morgen früh kommt das Eis, das die ganze obere Halle füllen wird. Niemand wird nach dir suchen in dem stillgelegten Keller. – Das Mieder!« Ludger zeigte mit der Hand auf die Knopfreihe, die Carolinas Unterwäsche zusammenhielt und forderte sie mit einer Bewegung auf, diese zu öffnen.

Vollkommen ungläubig hatte Carolina den Mund aufgerissen. Erst jetzt erkannte sie den Plan vollends. »Du, du hast das alles so geplant. Du willst mich, die ich dir niemals etwas getan oder dir böse nachgeredet habe, mit Gewalt nehmen? Du bestiehlst die Herrschaft und willst mir das in die Schuhe schieben? Du willst mir nicht nur die Ehre, sondern auch das Leben nehmen? Was kannst du mir schon noch nehmen, Ludger, ich habe doch schon alles verloren? Ich bitte dich, verschone mich um meines Babys willen. Ludger, verschone mich!«

Böse grinste er sie an. »Das Mieder!«

Ein kalter Windzug traf die beiden, viel mehr konnte Bernard nicht bewirken.

»Du bist ein Verdammter, Ludger! Gott wird dich strafen auf Ewigkeit! Wenn du mich nehmen willst, so kann ich mich dir nicht erwehren. Doch du musst dich schon selbst bemühen. Du musst dir schon selber die Hände beschmutzen, so, wie du dich und deine Seele beschmutzt mit dem, was du tust oder tun willst.« Schluchzend sank Carolina vor der Mauer des Kellers in sich zusammen. Brutal riss der kräftige Mann die zarte Frau in die Höhe und schlug ihr ins Gesicht.

»Du wagst es, mir zu widersprechen?« Ein zweiter Schlag traf Carolina. Bernard tobte. Er wurde fast irrsinnig, so wahnsinnig, wie ein Geist werden kann, als er sah, was Ludger seiner Mutter antat. Er und Karen rissen an dem brutalen Mann und schrien auf ihn ein, aber ihre Bemühungen blieben ohne Wirkung. Augenblicke später war Bernards Geist aus dem Keller verschwunden. Karen kam es dunkel vor ohne ihn.

Die gespenstische Szene vor ihr war noch immer in das unwirkliche Licht der Petroleumlampe getaucht, die Ludger mit hinunter gebracht hatte. Mit beiden Händen fasste er Carolinas Mieder und riss es entzwei. Ihre nackten Brüste schimmerten in dem fahlen Licht.

»Jaa, so kommen wir weiter«, sagte der erregte Mann heiser.

Mit einem Schrei, den jetzt auch die Menschen hörten und der sie erstarren ließ, flog Bernard erneut heran. Karen würde später niemals sagen können, ob die beiden den Geist auch gesehen hatten, aber ihre Reaktion ließ durchaus darauf schließen. Die Schreckensstarre Ludgers dauerte allerdings nicht lange an, zu erregt war er mittlerweile. Bernard versuchte zwar, ihn mit irgendeiner Waffe, die Karen in dem fahlen Licht nicht erkennen konnte, zu attackieren, aber seine Angriffe blieben ohne Wirkung. Näher und näher kam der Braumeister seiner Mutter, unaufhaltsam schien ihr Schicksal. Mit einem verzweifelten Schrei, in dem die Hilflosigkeit der gesamten Welt mitschwang, verschwand Bernard. Ein heller Klang tönte durch den Raum.

Die drei im Raum versammelten Menschen starrten auf den Gegenstand, der das Geräusch verursacht hatte. Bernard hatte einen großen Dolch, fast ein Schwert, fallen lassen, der jetzt nahezu durchsichtig auf dem schwarzen Holzboden lag. Karen ergriff die Waffe, die aus unglaublich kaltem Eis bestand.

Ludger sah, wie der kristallen glänzende Gegenstand von einer für ihn unsichtbaren Macht in die Höhe gerissen wurde und sich um seine eigene Achse drehte. Seine Augen weiteten sich vor Angst; das Kreuz, dass er Frau Wesseling gestohlen hatte, fiel aus seiner plötzlich kraftlosen Hand.

Carolina sank völlig entkräftet vor der Ziegelmauer in die Knie. Auch sie starrte auf die Waffe, die glitzernd in die Höhe fuhr und sich jetzt langsam und gleichmäßig bewegte. Die fromme Frau bekreuzigte sich, sie konnte sich nicht erklären, was vor sich ging.

Innerhalb von Sekundenbruchteilen war Karen klar, was geschehen war. Sie kam aus der Zukunft und all die Errungenschaften, die erst die nächsten Jahrhunderte mit sich bringen würden, konnten in der Vergangenheit keinerlei Bedeutung haben. Ihr Handy, die Pistole, die Taschenlampe?

Wie hatte sie erwarten können, dass diese Dinge ihr in dieser einhundertfünfzig Jahre alten Welt nützlich sein könnten. Jetzt fühlte sie die Kälte der Eiswaffe, die ihr Bernards Geist da gelassen hatte. Er selbst war zu schwach gewesen, sie zu benutzen, denn seine Zeit war bereits vergangen. Doch Karen spürte, dass ihre Zeit noch kommen würde. Wellenweise breitete sich eine Eiseskälte in ihrem Körper aus. Das Bewusstsein der Kommissarin Karen Leymann schien einzufrieren, etwas anderes steuerte ihre Taten.

Sie erhob den Eisdolch und schrie den Braumeister an: »Hau ab! Hau ab, los! Du Arsch!« In Wirklichkeit wollte sie gar nicht, dass Ludger tatsächlich das Weite suchte. Sie wusste, plötzlich war sie im Besitz der Macht, die diese ganze hoffnungslose Situation bereinigen konnte. Sie würde die Vergewaltigung Carolinas verhindern und dafür sorgen, dass ihr Peiniger bestraft würde.

Karen war eine gute und überzeugte Polizistin. Ihr war bewusst, dass sie den Täter handlungsunfähig zu machen und der Gerichtsbarkeit zu übergeben hatte. Die Richter würden Recht sprechen und Ludger bestrafen, es war dann nicht mehr ihre Sache. Das hatte sie gelernt, das war das, woran sie glaubte. Doch in dieser Welt schien es noch eine andere Karen zu geben. Eine, der ihre Ausbildung und ihre beruflichen Grundsätze egal waren. Eine, die wusste, dass ihre Vorfahrin niemals Ruhe vor diesem Unhold haben würde, selbst wenn sie diesen Angriff überstehen und man ihn für einige Zeit ins Gefängnis werfen würde. Eine, der klar war, dass Carolinas Mann und auch ihr Sohn noch am Leben sein würden, wenn der Braumeister verantwortungsvoll gehandelt hätte. Er war schuldig am Tod der beiden und an Carolinas Leid, und er hatte immer noch nicht genug. Er wollte sie vollkommen vernichten.

Karen erhob den Dolch. Das feste, extrem kalte Eis strahlte eine tödliche Kraft aus. Plötzlich sah sie sich aus einer anderen Perspektive. Sie sah eine junge Frau, die sie selber war, durch einen blutroten Schleier die Waffe erheben. War das wirklich sie? Wie in Zeitlupe beobachtete sie den Kampf. Sie spürte, wie sich ihr Adrenalinspiegel explosionsartig erhöhte. Sie ahnte, was die nächsten Sekundenbruchteile bringen würden und freute sich darauf. Und sie roch bereits das Blut, das fließen sollte.

Ludger versuchte noch, den Angriff abzuwehren. Die Waffe, geführt von Karens Blutgier und ihrer Hand, umging seine zum Schutz erhobenen Arme und fand seinen Hals. Sie drang durch das weiche Gewebe und durchtrennte die Halsschlagader. Karen hatte keine Vorstellung davon gehabt, wie fest und widerstandsfähig die menschliche Haut war und wie viel Kraft es tatsächlich brauchte, sie zu durchdringen. Die Wand der Halsschlagader, ›Arteria carotis communis‹, wie Karen sich dunkel erinnerte, war dagegen butterweich zu durchschneiden. Sie fühlte warmes Blut an ihrem Handrücken, als das Eis durch die frisch geschlagene Wunde glitt. Wie in Zeitlupe sah sie, wie Ludger sich ungläubig an den Hals griff und taumelte. Sie holte ein zweites Mal aus und rammte den Dolch mit einer ihr unerklärbaren Kraft in die Brust des Mannes. Sie spürte, wie Stoff, Haut und Gewebe rissen. Die Rippen gaben etwas nach, dann zerbrach eine mit einem vernehmlichen Knacken. Die Spitze des Eisdolchs löste sich und blieb in dem unförmigen Loch zurück. Ludgers Augäpfel schienen aus den Höhlen zu treten und sie anklagend anzusehen, dann brach der Blick. Der schwere Mann schlug krachend auf die schwarzen Dielen auf. Das Blut, das normalerweise hätte sprudeln müssen, drang langsam und dickflüssig aus der Wunde hervor.

Entsetzt über ihr Tun warf Karen die Waffe auf den Boden. Die merkwürdige Wahrnehmung von eben war verschwunden. Sie war wieder in ihren Körper zurückgekehrt. Sie starrte auf den leblosen Leib des Mannes und blieb bewegungslos eine Zeit lang stehen. Ihr war klar, dass sie nicht aus Notwehr gehandelt hatte, sondern dass sie hatte töten wollen und getötet hatte. Eine Welt brach für sie zusammen, die Tränen liefen ihr über das Gesicht. Einer Regung folgend ging sie in die Knie und schloss dem Toten die Augenlider.

Nach einigen Minuten, die sie zitternd in der Ecke verbracht hatte, erhob Carolina sich und kam auf Karen zu. Sie sagte: »Ich danke dir. Du musst ein guter Geist sein, dass du mich aus meiner Not erlöst hast. Er hätte mich geschändet und umgebracht. Mein Kind und mich.«

Karens Starre löste sich. Sie sah die Frau ungläubig an. »Du kannst mich sehen?«

»In dem Moment, als der Dolch Ludgers Hals durchdrang, warst du plötzlich da. Die Muttergottes muss dich uns geschickt haben, um uns zu retten. Bist du der Racheengel?«

Karen überlegte, dann schüttelte sie den Kopf. »Nein, ich weiß nicht, was ich bin. Ich glaube, Bernard hat mich gerufen, um dir zu helfen.« Bei der Erwähnung ihres toten Sohnes traten Carolina die Tränen in die Augen.

»Wo kommst du denn her? Wie hat er dich rufen können?«

»Ich weiß es nicht. – Ich glaube, ich komme aus der Zukunft. Ich weiß nicht, wie er es gemacht hat. Irgendeine Macht hat mich anscheinend hierher geführt, um dir beizustehen.«

»Und bleibst du jetzt hier?«

Karen schüttelte nochmals den Kopf. »Auch das weiß ich nicht. Es war bisher immer so, dass ich mich plötzlich in meiner Zeit wiedergefunden habe.«

»Aber du hast Bernard gesehen?«

»Ja, er ist bei dir und wird immer bei dir bleiben. Er liebt dich.«

Carolina ließ die Worte einen Moment auf sich wirken. Sie sah erschüttert auf den toten Mann herunter.

»Ludger war ein schlechter Mensch. Gott hat ihn gestraft, dass er auf diese Art den Tod finden musste. Doch sie werden mir die Schuld an seinem Tod geben, wenn du wieder gehst und nicht für mich sprechen kannst. Er war trotz seiner Bosheit ein geachteter Mann. Wer wird mir glauben, dass er mich schänden und töten wollte? Wer wird mir glauben, dass nicht ich es war, die ihn umgebracht hat?«

Karen überlegte. Carolina hatte Recht, man würde sie verantwortlich machen. Alle Indizien sprachen gegen sie. Was für eine Strafe hatte sie wohl zu erwarten, Ende des neunzehnten Jahrhunderts? Die Frau selbst gab ihr die Antwort.

»Sie werden mich ins Zuchthaus stecken oder hängen«, sagte sie verzweifelt. Nur einen Moment später hatte sie sich wieder im Griff. »Aber ich muss leben. Ich muss weiterleben und Henrichs Sohn aufziehen. Ludger selbst hat mir gesagt, was zu tun ist. Er wollte das Gewölbe verschließen, und ich musste ihm sogar helfen, den Mörtel anzurühren.« Entschlossen raffte Carolina die Röcke und ging zu der hölzernen Leiter, die zum oberen Keller führte. Oben angekommen nahm sie die Kelle in die Hand und setzte den nächsten Stein in die Maueröffnung.

19. Oktober

Das Geräusch störte sie. Laut, aufdringlich. Es passte nicht zu der Ruhe und dem Frieden, den sie gefunden hatte. Unwillig öffnete Karen die Augen. Regen prasselte auf ihr Auto, unterbrochen von pausenlosem, heftigem Klopfen. Hansen schlug fast die Seitenscheibe des Golfs ein.

»Ach, Peer«, sagte sie abwesend und entriegelte die Tür. Erschöpft ließ sie ihren Arm auf dem Beifahrersitz liegen.

»Karen, Gott sei Dank, da bist du. Ich bin fast verrückt geworden gestern. Wir haben dich überall gesucht.«

»Fahr mich nach Hause, Peer. Bitte.« Ihre Stimme klang verwaschen, schleppend.

Hansen hatte zwischenzeitlich bereits ihren Arm hochgehoben und war auf den Beifahrersitz gerutscht. Er war pitschnass von dem starken Regen, aber das war ihm egal. Besorgt zeigte er auf ihre Hand. »Du bist verletzt. Lass mich das mal sehen.« Karen wagte es, ihre Augen etwas weiter zu öffnen und ihre rechte Hand zu betrachten. Sie war voller Blut. Dort, wo sie auf dem Lenkrad gelegen hatte, war ebenfalls alles blutverschmiert, und offensichtlich war sie auch gegen ihre Hose gekommen, denn auch die war voller Flecken. Peer hatte ihre Hand ergriffen und besah sich die Verletzung. Vorsichtig säuberte er die Hand mit einem Taschentuch.

»Da ist nichts«, sagte er erstaunt. »Das Blut stammt nicht von dir?«

»Nein«, entgegnete sie mit klangloser Stimme. »Bitte fahr mich jetzt nach Hause.«

Peer wusste nicht, was mit Karen los war. Aber ihr Wunsch war genauso eindeutig wie die Tatsache, dass sie dringend der Ruhe bedurfte. Es brauchte mehrere Versuche ihr klarzumachen, dass sie die Plätze tauschen mussten, wenn er fahren sollte. Mühsam rutschte sie schließlich auf den Beifahrersitz. Peer ging rasch um das Auto herum und nahm auf dem Fahrersitz Platz. Jetzt erst bemerkte er das Blut im Fahrzeug. Nach einem unsicheren Blick auf seine Freundin wischte er das Lenkrad sauber und steckte sein Taschentuch in einen kleinen Plastikbeutel. Karen bekam von alldem nichts mit. Sie war sofort wieder eingeschlafen.

Fünfundzwanzig Minuten später hielt der Golf vor Karens Wohnung. Erstaunlicherweise befand sich direkt vor dem Eingang ein freier Parkplatz. Ein Umstand, den Peer sich eigentlich rot im Kalender angestrichen hätte. Heute allerdings stand ihm nicht der Sinn nach solchen Spielereien. Während der kurzen Fahrt war Karen schon wieder erwacht. Sie hatte sich bereits so weit erholt, dass sie mit etwas Unterstützung gehen konnte und beide ohne größere Schwierigkeiten ihr Domizil erreichten. Wie sie sich von der offenkundig völligen Erschöpfung dermaßen schnell regenerieren konnte, war Peer ein Rätsel. Er nahm ihre wiederkehrenden Kräfte dankbar zur Kenntnis. Als sich die Tür hinter ihnen geschlossen hatte, schlug er seine Arme um sie.

»Ich bin so froh, dass du wieder da bist. Wo warst du?«

»Später.« Karen schob ihn sanft von sich. »Lass mich bitte erst einmal zu Sinnen kommen. – Ich liebe dich, Peer.«

»Ich dich auch.« Die Antwort kam etwas brummig daher, passend zum dem Seebären, den Karen immer wieder in ihrem Peer aufblitzen sah. Er wollte sie nicht loslassen.

»Ich muss mich jetzt frisch machen und dann brauch ich einen Kaffee.«

»Gut«, sagte er nach einer Weile, dann löste er zögernd die Umarmung. »Ich besorg uns was zum Frühstück und dann kannst du mir ja vielleicht erzählen, was passiert ist. Kommst du so weit alleine klar?« Karen nickte stumm.

Trotz ihrer unangenehmen Erfahrung von neulich ließ sie sich Wasser in die Wanne. Sie vergewisserte sich, dass es tatsächlich warm war. ›Quatsch, das war es das letzte Mal auch. Ich bin nur eingeschlafen und dann ist es abgekühlt. Dadurch war meine Körpertemperatur so weit runter und mein Kreislauf völlig durcheinander.‹ Nach einigen Minuten hörte sie, wie sich der Schlüssel im Schloss drehte.

»Ich bin wieder da«, rief die tiefe, ihr mittlerweile so vertraute Stimme. Sie tauchte den Kopf unter Wasser und fühlte sich herrlich geborgen und zu Hause. Es dauerte eine ganze Zeit, dann klopfte es an die Badezimmertür.

»Karen?«

»Komm rein!«

Peer steckte seinen Kopf durch die halb geöffnete Tür. »Ach, deshalb dauert es so lange«, sagte er, als er Karen in der Badewanne sah. »Geht es dir gut?«

»Jetzt ja, wo du da bist. Bleib hier.« Hansen nahm auf dem Toilettendeckel Platz und bewunderte Karen. Nackt, nass, Schaum auf dem Körper und in den Haaren. Eine begehrenswerte Nixe. Er hatte keine Ahnung, wieso diese Frau gerade ihn liebte. Aber er wusste genau, warum er sie.

»Holst du mir einen Kaffee?«

»Du möchtest Kaffee trinken? In der Badewanne? Na, wenn du meinst.«

»Ja, und ein Brötchen hätte ich auch gerne. Mit Marmelade.«

Nur Minuten später war er mit einem Tablett zurück. Kaffee, Brötchen, Butter, Marmelade. Dann holte er sich noch einen Stuhl aus der Küche, er hatte keine Lust, auf dem Toilettenbecken zu frühstücken. Er fütterte Karen, die mit ihren nassen, schaumbedeckten Händen nichts anfassen konnte. Viele Krümel des backfrischen Brötchens landeten im Badewasser. Später waren sie sich einig, dass dies das beste Frühstück war, das sie je genossen hatten.

28. Oktober

Gregor betrat das Büro.

»Hey, was machst du da?«, fragte er.

»Ich räume auf«, sagte Karen.

»Ich habe gehört das, aber ich kann es nicht glauben. Du bist die beste und die bestaussehende Polizistin, die wir hier je hatten. Du kannst nicht alleine lassen uns. Karen nahm den Kaffeebecher, den ihr Kollege ihr reichte. Sie ließ ihre Unterlagen Unterlagen sein, stützte die Arme auf den Schreibtisch und legte den Kopf auf die zusammengefalteten Hände. Neugierig sah sie zu dem Schotten auf. »Gregor, was genau hast du gehört? Was erzählt man sich im Präsidium?«

»Du willst verlassen uns. Um zu studieren und hinterher alle die Verbrecher, die wir überführen, rauszuhauen, nicht wahr?«

»Das ist so nicht richtig. Ich werde mein Jurastudium wieder aufnehmen und abschließen, das stimmt. Weißt du, damals dachte ich, dass es zu langweilig ist. Aber heute weiß ich, dass ein Anwalt für Gerechtigkeit sorgen kann, vielleicht sogar mehr, als ein Polizist es jemals könnte. Und ich werde keine Verbrecher raushauen, sondern ich werde irgendwann eine Kanzlei eröffnen, die ausschließlich Frauen und Kinder, denen man Gewalt angetan hat, vertritt.«

»Und du glaubst, dass du kannst das? Du musst dann arbeiten gegen die bösesten Männer, die wir kennen! Du bist eigentlich zu gut und zu sanft, um zu tun das.«

»Glaub mir, Gregor, das täuscht. Ich kann auch richtig böse werden, wenn man mich reizt«, erwiderte sie. Die Tür öffnete sich erneut. »Hallo Karen, hallo Gregor«, grüßte Hansen beiläufig. Er ging ebenfalls sofort zur Kaffeemaschine und schenkte sich ein.

»Hallo Peer«, sagte sie.

»Hallo Karen, hallo Peer?«, äffte Gregor den Tonfall der beiden nach. »Nicht mehr Schatzi, Hasi, Dicker? Nicht mehr Hansen, sondern Peer? Habt ihr nicht mehr lieb euch? Oder vielleicht lieb besonders? Habe ich verpasst etwas?«

Karen grinste belustigt. Sie stützte sich mit den Armen auf ihren Schreibtisch und legte den Kopf auf die verschränkten Hände. Lange sah sie Gregor an. »Und was erzählt man sich darüber im Präsidium?«, wollte sie schließlich wissen.

»Ihr sollt was haben miteinander und euch besonders auffällig benehmen extra sodass keiner merkt was. Muss sein ein großes Geheimnis.«

Peer lachte. »Siehst du, ich habe sofort gesagt, dass die Kollegen es ganz fix mitkriegen werden.«

»Ja, dann ich sage gleich allen, dass ich habe gehabt recht«, freute Gregor sich. »Und dass ich bekomme jetzt doch die Flasche Glenfiddich, weil ich habe gewonnen. – Aber deshalb ich nicht bin gekommen. Ich wollte erzählen euch, was ich gelesen habe für ein komisches Buch. Ist ein altes schottisches Märchen. Ein keltisches Mythos. Ich erzähle es euch.«

»Gregor, ich weiß nicht, ob ich Lust auf Märchen habe«, meinte Karen. Meist waren Gregors Geschichtchen recht amüsant, aber heute wollte sie sich darauf konzentrieren, ihren Arbeitsplatz aufzuräumen. Seit dem schrecklichen Erlebnis im Keller war sie einige Tage krank zu Hause geblieben. Sie musste erst einmal zu sich selbst finden und eine Entscheidung treffen. Als ihr dann klar geworden war, dass sie den Polizeidienst quittieren und ihr Studium wieder aufnehmen wollte, konnte es nicht schnell genug gehen.

Gregors Stimme drang durch ihre Gedanken. »Lass mich erzählen erst, ist ganz kurz«, bat er.

»Also, es ist die Geschichte von Dämonen, die durch die Zeiten wandern. Irgendetwas drängt sie, ihre normale Zeit zu verlassen und in ein anderes Zeitalter zu wechseln. Und ab und zu sie auch dabei bringen Leute um. Wie Dämonen das nun mal so machen, nicht wahr? Aber, wenn sie kommen aus der Zukunft und sie bringen um die Leute jetzt, dann diese Leute sterben noch nicht. Sie sind irgendwie untot, leben nicht und sterben nicht. Sie liegen einfach rum und verwesen auch nicht. Manchmal einige Tage oder Jahre, manchmal Jahrhunderte. Je nachdem, aus welcher Zeit der Dämon ist gekommen. Ich weiß nicht, was sie machen die ganze Zeit, während sie da rumliegen, wahrscheinlich sie langweilen sich oder denken nach über die Schrottleistung ihrer Rugbymannschaft vom letzten Wochenende. Aber irgendwann ihre Zeit kommt dann doch noch. Sie nämlich liegen rum so lange, bis auch in der Zukunft gekommen ist der Zeitpunkt, an dem der Dämon begangen hat den Mord. Hat mich erinnert total an unseren Toten aus dem Eiskeller, von neulich, ihr wisst, wen ich meine?«

Karen war während der Erzählung blass geworden. »Geht es dir nicht gut, Schatz?«, fragte Gregor. Peer sah seine Freundin gebannt an.

»Alles in Ordnung.« Sie musste schlucken.

»Na ja, und was ich soll sagen? Ich kriege vorhin einen Anruf aus dem archäologischen Institut von der Uni. Unser unbekannter Toter hat angefangen zu bluten vor einigen Tagen. Also das Blut lief richtig aus ihm raus, wie bei unseren normalen Toten. Und sein Fleisch zersetzt sich, auch wie bei einem normalen Toten. Er verwest. Also, wenn ihr fragt mich: Der Dämon, der ihn damals hat ermordet, lebt in unserer Zeit. Ihr müsst nur noch finden ihn. Spannend nicht?«

»Es war kein Mord«, sagte Karen.

»Nicht? So du warst dabei bestimmt, nicht wahr? Ha ha ha! Oder du warst es selbst? Karen ist ein Dämon, ich habe gewusst es immer schon. Nicht wahr, Peer, du musst vorsichtig sein.«

Karen stürmte aus dem Raum, sie hielt sich die Hand vor den Mund.

»Habe ich gesagt was Falsches? Sonst sie kann ab meine Scherze.« Entschuldigend sah Gregor Peer an.

»Ich weiß nicht, ich nehme an, ihr Entschluss, hier alles hinzuschmeißen, belastet sie.«

»Na ja, ich entschuldige mich gleich bei ihr. Aber für dich ich habe auch etwas. Du hast gegeben mir vor ein paar Tagen das Taschentuch mit dem frischen Blut. Ja, und auch das stammt von unserem alten Toten mit Sicherheit. Also nicht das Taschentuch, das ist neuer. Aber das Blut, garantiert seins.«

28. Oktober, abends

Erschöpft lag Karen auf Peers Brust. Sie hatten sich geliebt, hektisch, atemlos, voller Angst, sich zu verlieren. Irgendetwas schien zwischen ihnen nicht im Einklang gewesen zu sein. Dann rollte sie sich herunter und lag neben ihm, so dicht wie irgend möglich. Die Angst, ihn zu verlieren, nahm ihr den Atem.

Lange lagen sie so. Karen hielt ihn fest, oder hielt sie sich fest? Peer sagte die ganze Zeit nichts, während sie abwesend seine Brusthaare kraulte. Ihre Gedanken waren ganz woanders.

»Du hast mir immer noch nicht erzählt, was neulich passiert ist«, brach er schließlich die Stille. »Wohin bist du in dem Keller verschwunden?«

Nach einer ganzen Zeit fing sie an zu zittern. Die Frage hatte sie befürchtet, vor der Antwort hatte sie selber Angst. Leise und traurig sagte sie: »Ich kann es nicht. Ich kann darüber nicht reden.«

Peer legte seinen Arm um Karen und hielt sie fest. Sie fühlte sich geborgen, spürte seine Kraft und Gelassenheit. Nach und nach wurde das Zittern weniger.

»Karen, ich liebe dich. Ich muss es aber trotzdem wissen. Verstehst du das?«

Die nächsten Sekunden war es so still, dass beide meinten, den Herzschlag des anderen zu hören. »Ich habe solche Angst. Du wirst mich verlassen.«

»Du weißt, dass ich das nicht tun werde. Das werde ich bestimmt nicht, ich verspreche es dir. Wie kommst du auf so etwas?« Karen brauchte noch Zeit, mehrere Minuten lag sie in seinen Armen. Sie zitterte, er streichelte sie sanft. Dann fing sie leise an: »Gregor hat recht mit seiner Geschichte. Es gibt diese Dämonen.« Die Hand streichelte weiter, gleichmäßig, ruhig, verlässlich, als sie nach einer langen Pause fortfuhr. »Ich glaube, ich bin einer von ihnen.« Vorsichtig hob sie den Kopf und sah Peer an. Tränen schimmerten aus ihren Augen. »Hältst du mich für verrückt, wenn ich das glaube?«

»Nein«, erwiderte er nach langer Überlegung. »Ich halte dich nicht für verrückt. Und ich kann auch nicht glauben, dass du dich für einen Dämonen hältst.«

»Aber ich war da! Ich war da, in der Vergangenheit. Es war alles so echt! Ich habe es dir erzählt, aber kannst du dir das vorstellen? Ich habe es erlebt.«

»Und jetzt glaubst du, dass du einer dieser Dämonen bist?«

»Ich ... Ich ...« Die Gedanken an die Nacht vor neun Tagen waren furchtbar. Ein Frösteln schüttelte sie, auf ihren Armen bildete sich eine Gänsehaut. Sie versuchte, sich wegzudrehen, Hansens Arm hielt sie fest. Dieser Halt gab Kraft. Nach und nach kehrte die Wärme in ihren Körper zurück.

»Es muss furchtbar für dich gewesen sein«, sagte er einfühlsam. »Du wirst einen Grund gehabt haben, ihn zu töten.«

Karen erstarrte. Nach einigen Sekunden des Schweigen drehte sie ihren Kopf in Peers Richtung und fragte ungläubig: »Du weißt es?«

Hansen nickte bedächtig. »Du hattest frisches Blut an der Hand, das nicht von dir stammte. Gregor hat es untersucht. Es war das Blut des Toten. Eines Mannes, der seit einhundertvierzig Jahren tot ist.« Für einige Sekunden herrschte Schweigen. »Ich kann eins und eins zusammenzählen. Aber ich wüsste gerne, warum du ihn ermordet hast.«

Karen setzte sich mit einem Ruck auf und nahm Peers Hände in ihre. Dann sprudelte es aus ihr heraus, sie musste ihrem Herzen Luft verschaffen. »Ich wollte ihn zuerst nicht töten, das musst du mir glauben. Aber er hätte Carolina umgebracht. Er wollte sie vergewaltigen und in dem Eiskeller einmauern. Ich, –ich musste ihn aufhalten, aber ich hatte gar keinen Einfluss und keine Macht in dieser Zeit. Ich habe geschrien und ihn bedroht, doch er hat mich überhaupt nicht wahrgenommen. Und dann kam plötzlich Bernard, also der Geist Bernards, mit diesem Eisdolch. Aber er konnte ihn nicht handhaben. Er hatte kaum die Kraft, ihn zu heben. Diese Geister scheinen sehr schwach zu sein. Als der Junge wieder weg war, lag da dieses riesige Messer, fast so groß wie ein Schwert. Ludger sah wie erstarrt auf die Waffe. Er hatte wahrscheinlich Bernard nicht sehen können, aber den Dolch, der auf dem Fußboden lag, den konnte er sehen. Er muss sich gefragt haben, wie der dahin gekommen ist. Und dann hat etwas mich gezwungen, den Eisdolch zu ergreifen. Ich habe ihn hochgehoben und wollte Ludger zuerst nur dazu bringen, von Carolina abzulassen. Ich zielte auf seinen Arm und versuchte, ihn zu verletzen. Er hob noch beide Arme, um mich abzuwehren, und dann war ich nicht mehr ich. Ich war nicht mehr Karen, die Polizistin. Ich war tatsächlich einer dieser Dämonen, wie Gregor es gesagt hatte. Von einer Sekunde auf die andere. Ich wollte den Mann nicht mehr aufhalten, ich musste es zu Ende bringen. Carolina sollte niemals wieder unter diesem Unhold leiden. Ich richtete die Waffe auf sein Gesicht, aber er wich aus, als ich zustieß. Peer, ich habe gefühlt, wie das Eis an seinem Hals entlang glitt und die Haut aufriss. Ich habe gespürt, wie die Schlagader riss. Ich habe seine ungläubig aufgerissenen Augen gesehen und sehe sie noch vor mir. Aber er stand noch. Ich musste es zu Ende bringen. Ich habe ihm dann den Dolch mit aller Gewalt mitten in die Brust gerammt. Ich habe Knochen brechen und Gefäße platzen hören ... Peer, ich habe diesen Mann mit voller Absicht getötet.«

Schluchzend brach sie zusammen und fiel auf seine Brust. Lange Zeit lag sie da, immer wieder von Weinkrämpfen geschüttelt. Peer hatte seine Arme um sie gelegt und hielt sie fest. Mehrere Male versuchte sie, sich abzuwenden und zu fliehen, doch er gab sie einfach nicht frei. Nach und nach beruhigte sie sich. »Hasst du mich?«, fragte sie sehr zaghaft und leise.

»Nein«, sagte er.

»Ich bin eine Mörderin.«

»Nein!«

»Aber ich habe den Mann mit voller Absicht getötet. Und ich wollte es. Das war Mord.«

»Die Welt ist sicherlich nicht schlechter geworden mit seinem Tod.«

Epilog

»Ist noch was?«

»Ich weiß nicht, wie ich es dir sagen soll ...«

»Was denn?«

»Ich will nicht, dass du dich überrumpelt fühlst. Ich meine, ich trage die volle Verantwortung. Du musst dich zu nichts verpflichtet fühlen ...«

»Karen ...?«

Sie tippte mit dem Finger auf seine Brust und spielte mit seinen Haaren. »Damals, als wir zuerst miteinander geschlafen haben ... Eines der Kondome ... Du weißt, ich war nicht sicher, ob die nicht porös geworden sind in der langen Zeit ...«

Ein Lächeln umspielte Hansens Gesicht. »Du meinst ...?«

Karen nickte. »Ich möchte es haben. Wie gesagt, ich will nicht, dass du denkst, ich habe das mit Absicht getan. Du bist zu nichts verpflichtet.« Peer legte seinen Finger auf Karens Lippen. Das anfänglich verhaltene Lächeln wandelte sich zu einem Strahlen über das ganze Gesicht.

»Wir werden uns also zwei Namen überlegen müssen. Einen für einen Jungen und einen für ein Mädchen.«

»Nein«, sagte Karen bestimmt. »Das brauchen wir nicht. Sie wird Carolina heißen.
«

Namen

Die von mir verwendeten Namen sind willkürlich gewählt. Jede Namensgleichheit oder Ähnlichkeit mit lebenden oder verstorbenen Personen wäre nicht beabsichtigt und rein zufällig.

Allerdings waren die Vor- und Familiennamen der Personen, die in dieser Geschichte im 19. Jahrhundert spielen, um 1860 in der Gemeinde Altenberge weit verbreitet und üblich. Ich habe sie dem International Genealogical Index / Germany entnommen und neu kombiniert.

Danksagung

Besonders bedanken möchte ich mich für die Mithilfe folgender Institutionen und Personen, die dieses Projekt unterstützt haben:

Der Gemeinde Altenberge als Eigentümerin der Eiskeller in Altenberge.

Dem Heimatverein Altenberge e.V., zuständig für Führungen durch die Eiskelleranlage.

Herrn Werner Witte, Herrn Hubert Wiermer und Herrn Wilfried Borgschulte vom Heimatverein Altenberge, mit denen ich einige historische Details klären konnte. Von Herrn Witte stammen auch die Übersetzungen ins »Mönsterlänner Platt«.

Frau Manuela Obermeier, die das Buch aus kriminaltechnischer Sicht durchgearbeitet hat.

Herrn Lars O. Heintel, der die eine oder andere Formulierung geschliffen hat.

Meinen Töchtern Kirsten und Hilke, die mich immer wieder zum Weitermachen ermuntern.

Der Eiskeller in Altenberge

Ziemlich unscheinbar liegt in der Gemeinde Altenberge im Münsterland ein weitgehend unbekanntes und dennoch beeindruckendes Baudenkmal: Der historische Eiskeller, der heute im Besitz der Gemeinde Altenberge ist.

Im Jahre 1860 beschlossen die Gebrüder Beuing, ortsansässige Unternehmer, in Altenberge eine Brauerei zu errichten, um »bayerisches Bier« zu brauen. Zur Herstellung wurden gigantische Mengen Eis benötigt. Die Kühlung war für den Brauprozess unverzichtbar. Extra dafür konstruierte man ein ausgeklügeltes Bauwerk, um das Kühlmaterial zu lagern. Über drei bzw. vier Stockwerke erstreckten sich die unterirdischen Kelleranlagen der Brauerei, in denen die natürliche Kälte des Eises zur Gärung und Reifung des Bieres verwendet wurde.

Bis 1931 wurde die Bierbrauerei betrieben, danach geriet die Anlage weitgehend in Vergessenheit. In den Gebäuden etablierte sich eine Kornbrennerei.

Im Jahre 1996, im Zuge der Planung der Borndalschule, wurden die Keller erkundet und als Baudenkmal unter Denkmalschutz gestellt.

Näheres zum Eiskeller Altenberge finden Sie unter:
http://www.altenberge.de/2005/tourist/eiskeller.asp
oder
http://www.steinfurt.city-map.de/02019400/eiskeller-altenberge

Skriptberatung

MATTHIAS KRAMM

Freier Lektor

Freischaffender Autor, Lektor und

Dramaturg für

- Film
- Fernsehen
- Neue Medien

| http://www.skriptberatung.de

Ein Strauß angespitzter Bleistifte
Andrea Wölk
ISBN 978-3-943697-09-4 (eBook) 5,99 €
ISBN 978-3-943697-08-7 (TB) 8,99

Ein Mord mitten in einer Live-Kochshow, vom Täter keine Spur und eine Kommissarin, die auf romantische Liebesfilme steht!

Infos unter:
www.oldigor.de